Deux sans barreur

DIRK KURBJUWEIT

Deux sans barreur

Traduit de l'allemand par Leïla Pellissier

Éditions Autrement **Littératures**

1

La nuit où la fille tomba du ciel, Ludwig devint mon ami. C'était l'été. Couché, je guettais les bruits, la fenêtre était ouverte. Il était deux heures du matin. Je le voyais au radio-réveil sur la table de nuit, des chiffres éclairés d'une lumière jaune, qui faisaient un petit clic en basculant. Ludwig dormait. Quand aucune voiture ne passait sur le pont, j'entendais sa respiration. Lorsqu'une voiture arrivait, j'entendais d'abord un faible sifflement dans le lointain, puis un vrombissement, de plus en plus fort, puis de plus en plus faible. La nuit, peu de voitures traversaient le pont. Je guettais, tendu, le sifflement suivant, plutôt entendre une voiture que la respiration de Ludwig et ces petits clics dans le silence. C'était peut-être pour cela que je ne pouvais pas dormir, peut-être parce que je me demandais si Ludwig pouvait être mon ami. Un camion passa sur le pont, un sifflement étouffé, un vrombissement puissant et en bruit de fond, le ronflement du moteur, on entendait toujours le moteur avec les camions, mais seulement avec les camions. Je n'étais pas sûr de faire la paire avec Ludwig. Puis la fille tomba du ciel.

Après l'école, nous étions allés chez Ludwig. Il m'avait invité, pour la première fois. Nous avions roulé jusqu'au barrage, et pris le bateau alors que la maison de ses parents n'était qu'à un quart d'heure à vélo de notre petite ville. Au barrage, il insista cependant pour monter sur le bateau de la Flotte blanche qui maintenait quelques lignes en été. Nous étions les seuls passagers sur le petit bateau blanc qui glissait en ronronnant dans cette large vallée ; de part et d'autre, des coteaux verts, des champs, des enclos à chevaux ; et au-dessous de nous le fleuve, dans lequel on n'avait pas le droit de se baigner. Droit devant nous, il y avait le pont. Aujourd'hui encore, je ne sais toujours pas combien il a de piliers, bien que j'aie souvent essayé de les compter. Je commençais par la gauche, mon regard allait de pilier en pilier et je comptais d'une traite jusqu'à six, sept, avant de ne plus savoir sur quel pilier mon œil devait se poser et, pis encore, quel pilier j'avais compté en dernier. Je recommençais, six, sept, huit... attends – j'en suis à huit, toujours à sept ou déjà à neuf ? Ça pouvait vous épuiser, ça pouvait même vous donner le tournis à force de regarder. Je commençais généralement par la gauche car par la droite, c'était encore pire. Je peux juste dire qu'il y avait quinze, seize ou dix-sept piliers, en béton clair, robustes, et pourtant étrangement frêles, trop frêles pour le vent, pour les gros camions, pour quatre voies d'autoroute encastrées dans l'acier. Je ne sais pas non plus la hauteur du pont, je ne connais pas de chiffres précis même si nous nous y sommes longtemps intéressés. Haut comme le ciel, disions-nous quand nous étions mômes, haut comme l'Everest, plus haut qu'un gratte-ciel. King Kong, disait-on, n'aurait pas besoin de se baisser pour nous poursuivre sous le pont. Le premier chiffre que nous avons avancé était mille mètres, il a rétréci avec les années. À cinquante, soixante mètres, nous nous sommes arrêtés. Je ne sais pas si c'est juste. Il est difficile d'évaluer une distance dans le ciel. Il est haut ce pont, très haut.

Deux semaines auparavant, j'avais vu Ludwig pour la première fois. Pendant un cours d'allemand, la porte s'ouvrit brusquement, le directeur entra, un garçon blond derrière lui. Le directeur le présenta, Ludwig était envoyé par les grands esprits pour nous donner un coup de main. La classe ricana, elle connaissait la chanson. Il disait toujours ça quand un élève du collège de la ville voisine venait chez nous. Ce collège avait la réputation d'être très exigeant et tous ceux qui arrivaient dans notre classe avaient échoué là-bas. Nous leur faisions sentir qu'on avait placé un jour plus d'espoir en eux qu'en nous.

Lorsque le directeur amena Ludwig dans notre classe, il pleuvait. Nous lisions *Die Bürgschaft* de Schiller, mais je n'étais pas concentré, je regardais la pluie, la plus forte de l'été. Elle ruisselait sur toute la surface des quatre fenêtres, on ne voyait pas de gouttes mais quatre rideaux de pluie et derrière, une lueur verte, les marronniers de la cour. Des mers verticales, pensai-je, si nettes qu'on voit même les algues briller au fond. J'attendais un poisson. La poignée de la porte s'abaissa d'un coup et nous sûmes aussitôt que c'était le directeur, il n'y avait que lui pour exercer une force telle sur la poignée qu'elle semblait céder de peur.

Nous étions habitués à voir nos nouveaux camarades se tenir gênés près du directeur, tout rouges, les yeux humides parfois, le regard baissé. Une main du directeur reposait sur l'épaule du malheureux comme s'il voulait le mettre à terre. C'était un homme à poigne.

Ludwig ricanait. J'oubliai la pluie. Le directeur parlait des grands esprits et Ludwig ricanait. Salut les petits esprits, dit-il, et il se mit à rire. Il rit fort, joyeusement et longtemps. Nous ne bougions pas. Nous entendions la pluie et le rire de Ludwig. Nous ressentions cette peur que l'on a lorsque d'autres font quelque chose d'interdit, mais que la punition s'abattra sur tout le monde.

Ludwig était aussi grand que moi, c'est-à-dire de taille moyenne. Il avait une tête énorme, c'était frappant, mais on ne savait pas si c'était la tête qui était grosse ou si elle semblait grosse parce que sa chevelure était volumineuse. Des cheveux blonds, presque blancs, un poil trop blancs à mon avis, presque aussi blancs que la fourrure du lapin de ma cousine. Les cheveux de Ludwig tombaient sur ses oreilles et étaient vraiment très fournis. Il avait l'air de porter une casquette comme en portent les Russes, avec des rabats sur les oreilles. Mais les casquettes des Russes sont foncées, la casquette de Ludwig était blanche. Un visage rond, un nez un peu plat, des lèvres minces, des sourcils à peine dessinés ou peut-être trop blancs pour être visibles sur sa peau claire.

Il riait toujours. Il se tenait un peu penché, comme tous ceux que nous amenait le directeur. Sa main devait peser bien lourd sur l'épaule de Ludwig. C'est à ce moment que je vis que Ludwig dégoulinait. Il n'avait pas enlevé son imperméable, une veste légère, comme nous en portions tous, avec une capuche. La sienne était rouge. Comme il se secouait en riant, les gouttes sautaient de partout. Je vis une goutte atterrir sur la chaussure noire du directeur. J'eus encore plus peur. Ludwig se tenait au milieu d'une flaque d'eau, le directeur regarda ses chaussures. Soudain, il enleva sa main de l'épaule de Ludwig, se hâta vers la porte, appuya vigoureusement sur la poignée et disparut. Il nous fallut un bon moment pour pouvoir à nouveau respirer.

Le professeur d'allemand envoya Ludwig à une place vide au deuxième rang. On se remit à lire *Die Bürgschaft*, plus silencieux qu'avant.

À cette époque, j'avais absolument besoin d'un ami. Un ami, c'était tout en ce temps-là. Faire encore quelque chose avec les parents était devenu indigne, être seul n'avait pas encore le charme que cela a pour moi aujourd'hui. Ce que l'on ne pouvait partager n'existait pas. Nous n'existions que dans le regard des autres. La liste des numéros de téléphone que nous tenions tous dans notre agenda décidait de l'importance de notre existence. Nous demandions leur numéro de téléphone à tous ceux que nous rencontrions et nous nous empressions de donner le nôtre. Ensuite nous attendions les appels. C'était mieux d'être appelé que d'appeler. Nous tombions tous dans le même piège. Comparé à la longueur de notre liste de numéros, c'était très calme chez nous. Nous attendions. Le soir, nous comptions les appels. Plus nous avions d'occasions de parler des événements vécus, plus ils étaient réels. Nous voulions nous multiplier pour pouvoir être quelqu'un.

Peut-être ne devrais-je parler que de moi. Je ne sais pas si, pour les autres, c'était pareil avec les appels. À l'époque, j'en étais convaincu parce que sinon, cela aurait été trop difficile à supporter, je suppose. Un ami, c'était quelqu'un qu'on pouvait appeler trois fois de suite, après chaque pensée, après chaque tour de pâté de maisons à vélo. Seul un ami pouvait donner l'impression d'être constamment présent. Quel bonheur d'être appelé trois fois de suite. J'en avais terriblement envie. Je ne sais pas pourquoi, je n'avais pas réussi jusque-là à trouver un ami. Je prenais ma bicyclette, faisais plusieurs fois le tour du pâté de maisons, et à mon retour je demandais à ma mère si quelqu'un avait appelé. Elle secouait la tête. J'entrai dans un club d'aviron, j'aimais bien le fleuve. Et nager, ce n'était pas possible.

Des sifflements, des vrombissements. La nuit, ça roulait vite. Ludwig s'était endormi vers onze heures et demie. Moi, je restais silencieux sur son matelas pneumatique. Je pensais à ce qui s'était passé, à ma première journée avec lui. La maison de ses parents était juste au-dessous du pont, peut-être pas directement au-dessous, peut-être à dix mètres. Elle se trouvait près du dernier gros pilier, les deux suivants étaient plus courts car ils s'appuyaient sur le versant de la vallée. De l'embarcadère jusqu'à la maison, on mettait deux minutes. Nous laissâmes les vélos contre la barrière. Je regardai fixement en l'air. J'avais souvent regardé en l'air, la tête en arrière, mais maintenant je regardais tout en sachant qu'il y a des gens qui vivent sous un pont comme celui-là, et j'en connaissais un, c'était Ludwig. Cent mètres, le plus haut pont du monde, dit Ludwig en ouvrant la porte du jardin. Tu sais, dit-il, qu'il y a un homme dans le pilier ? Il montra le pilier qui se trouvait près de la maison de ses parents. Un ouvrier, il est tombé dans le béton quand ça commençait à prendre. On n'a pas pu l'en sortir. Maintenant, il est dedans pour toujours. Ludwig eut un petit sourire. Je connaissais l'histoire, mais je pensais que le pilier avec le maçon dedans était de l'autre côté du fleuve. C'est comme ça qu'on me l'avait racontée. C'est bizarre, tu ne trouves pas, dit Ludwig, quand on pense qu'un type est coincé là, c'est un peu comme si le pilier était vivant parce qu'il y a quelqu'un dedans, un homme. Mais il est mort, dis-je rapidement. Ludwig haussa les épaules.

Un pilier vivant, pensai-je en regardant les chiffres du réveil. Ça faisait du bien d'avoir un peu de lumière. Parfois, le pont donnait l'impression de pouvoir bouger. Il n'était pas droit mais décrivait une courbe à travers la vallée, un léger virage de l'autoroute. Quelque chose de tordu, ça donne toujours l'impression de pouvoir se redresser ou se tordre encore plus. Si Ludwig avait déjà été mon ami, je l'aurais réveillé à ce moment-là pour qu'il m'assure que le pont ne pouvait bouger. Mais il n'était pas encore mon ami. Je ne suis pas sûr non plus qu'il m'aurait apporté cette certitude. C'était tout de même lui qui avait dit qu'il pensait parfois que le pont vivait. Le réveil faisait des petits clics. Je voulais rentrer chez moi. Sortir de cette chambre, prendre mon vélo, partir loin du pont, aller dans ma chambre, à côté de la chambre de mes parents. Et laisser la porte entrebâillée.

Quand aucune voiture ne traversait le pont, c'était très calme là-bas, plus calme que chez nous où il y avait toujours une télévision allumée ou une porte qui claquait dans les appartements voisins. Peu avant une heure, j'entendis des pas, le plancher craquait. Quelqu'un traversait la maison, montait les escaliers. Il s'arrêta devant la chambre de Ludwig, poursuivit jusqu'à la chambre voisine où dormait sa sœur, revint vers les escaliers et redescendit. J'essayais de ne pas respirer, je fixais le réveil. Il était 0 h 58. Je regardais fixement en espérant qu'il soit une heure. À une heure, ce sera fini, il faut que tout soit fini, pensai-je. Ma mère m'avait dit que les Indiens croient que les morts refont la nuit tous les chemins qu'ils ont parcourus autrefois. C'est pour ça qu'on les entend souvent se promener dans les maisons. Mais pas après une heure, suppliai-je cette nuit-là, bien que ma mère n'eût jamais rien dit à ce propos. C'était une vieille maison. Beaucoup de ceux qui ont vécu ici sont déjà morts, pensais-je et j'essayais de ne pas respirer. Peu après une heure, tout fut vraiment fini. Des pas dans l'escalier, puis le silence. J'entendis une moto. Plus tard, j'entendis une chasse d'eau puis une bouilloire. Je me souvins que la mère de Ludwig était de service de nuit. Elle était probablement rentrée et avait guetté pour voir si ses enfants dormaient déjà.

Comme tous les autres, je m'étais empressé de me procurer le numéro de Ludwig pour pouvoir lui donner le mien. Nous ne lui fîmes pas sentir qu'un jour il avait suscité plus d'espoir que nous. Nous étions perplexes. Personne n'était encore jamais parvenu à ce que le directeur quittât la classe sans un mot. Personne n'était encore jamais venu de la ville voisine sans avoir d'abord traîné un peu gêné dans les couloirs pendant les deux premières semaines, honteux de son échec chez les grands esprits. Dès le premier jour, Ludwig courait et criait comme nous. Peut-être encore plus que les autres, il courait comme un fou, il criait comme un sauvage. On voyait sa tête blanche toujours là où il y avait le plus gros attroupement ou la pire bagarre. Mais souvent aussi, il y avait un grand calme autour de lui. Je remarquai bientôt que les autres se taisaient lorsqu'il parlait, et à vrai dire, ce n'était pas notre façon de faire. Je ne sais pas ce qu'il disait. Je me tenais à l'écart à cette époque. Je voulais un ami, mais je voulais qu'il vienne à moi, pas moi à lui. Je crois que je donnais souvent l'impression de faire un peu la tête.

Je sais encore combien il m'était difficile à l'époque d'admettre que tous les jeux ont une fin. Je ne voulais pas jouer au football une heure ou deux, mais éternellement. Mes ennemis, c'étaient les garçons qui, au bout d'une ou deux heures, n'avaient plus de souffle, ou n'avaient plus envie. Mon plus grand ennemi était l'obscurité. Je détestais déjà le crépuscule car il me fallait alors me battre, dire qu'on pouvait très bien voir la balle, que le chemin jusqu'à la maison était très bien éclairé, que les parents ne seraient sûrement pas en colère même si les miens étaient toujours en colère quand je rentrais à la nuit tombée. Je ne voulais pas n'importe quel ami, j'en voulais un avec qui je puisse jouer sans jamais m'arrêter.

Quand j'étais à la maison, je ne laissais aucune chance à mes parents de décrocher le téléphone avant moi. J'étais capable de bondir de mon lit et de négocier très vite les deux angles du couloir jusqu'au téléphone. Dès la deuxième sonnerie, j'avais l'écouteur en main.

C'est Ludwig, dit-il, lorsque pour la première fois il appela chez moi. C'était deux semaines après son arrivée tout dégoulinant dans notre classe. Il y a sept camions qui viennent juste de passer l'un après l'autre sur le pont, c'est un record, dit-il, un peu essoufflé comme si lui aussi avait couru jusqu'au téléphone. Je ne savais pas quoi dire. Attends, dit Ludwig, je crois que le prochain arrive. Écoute. J'entendis un vrombissement. Huit, dit Ludwig, huit à la suite, c'est du délire. Pas mal, dis-je. Ah, j'entendis, cette fois c'était juste une voiture, enfin bon, huit, c'est le nouveau record. Super, dis-je. OK, dit-il, allez salut, et il raccrocha. Je retournai dans ma chambre, m'allongeai sur le lit et repris mon jeu vidéo. Peut-être ai-je lu aussi, je ne sais plus. Je crois surtout que je n'étais pas très concentré. Pourquoi Ludwig m'avait-il appelé, moi ? Pourquoi fallait-il qu'il me raconte absolument ses histoires de camions ? J'en étais là de mes réflexions lorsque le téléphone sonna à nouveau. Je fonçai dans le couloir.

C'est encore moi, dit Ludwig, quatre motos, c'est pas souvent, drôle de journée. Je trouve aussi, dis-je. Ouais, dit Ludwig. Ensuite le silence. Le silence au téléphone, c'est bizarre. Maintenant, je suis capable de garder le silence en présence d'autres personnes, chose qui me fut longtemps impossible et qui explique pourquoi j'avais tendance à raconter les histoires les plus intimes, ou les plus bêtes, juste pour dire quelque chose. Je crois que je me suis souvent ridiculisé à cause de ça, et lorsque je m'en suis rendu compte, j'ai arrêté. L'autre n'a qu'à trouver quelque chose à dire. Moi, ça ne me dérange plus, en société, de rester perdu dans mes pensées. Depuis de nombreuses années d'ailleurs, ces pensées vont souvent vers Ludwig. Garder le silence au téléphone, ça m'a toujours été impossible et ça n'a pas changé. C'est sûrement dû à l'écouteur qu'on a dans la main. C'est absurde de le tenir près de l'oreille quand on ne parle pas. C'est même ridicule. Je n'ai qu'une envie, c'est de mettre un terme à ces situations. Mais là, ce fut Ludwig qui, le premier, poursuivit la discussion. Dis, tu trouves que je suis un albinos ? demanda-t-il. J'étais assez étonné qu'il demande ça comme ça même si, bien sûr, je m'étais déjà posé la question. Je savais par ma cousine que certains lapins sont blancs, qu'ils ont les yeux rouges et qu'on les appelle albinos. Avant que je puisse répondre, Ludwig dit qu'il n'était pas albinos, même s'il en avait un peu l'air à cause des cheveux blancs et tout ça. Mais pas du tout, dis-je. Notre discussion en resta là, et pour finir, je me retrouvai sur mon lit, encore plus songeur qu'avant.

Une demi-heure plus tard, le téléphone sonna de nouveau. Cette fois-ci, il ne se nomma plus mais demanda tout de suite si je voulais aller chez lui après l'école, je pouvais aussi rester dormir. Ce ne fut pas très facile de convaincre ma mère qu'il n'y aurait pas de problème pour passer la nuit dès la première visite, mais je lui dis qu'en peu de temps nous étions devenus très amis. Tu crois, demandai-je, qu'il appellerait trois fois de suite ? Elle me donna l'autorisation. J'étais assez excité. Une nuit entière, ça semblait presque l'éternité.

Juste après notre arrivée, nous allâmes dans l'atelier. À vrai dire, c'était juste une cabane en planches avec un toit plat. La porte était ouverte et j'aperçus un pont élévateur avec une moto dessus. Un homme bricolait la boîte de vitesses. À côté de lui, une fille était juchée sur un tabouret, elle caressait un chat sur ses genoux. Je voyais des outils accrochés au mur, un poste de soudure et une bouteille de gaz, un grand tonneau, une étagère avec beaucoup de boîtes en carton, un poêle à charbon. Derrière, il y avait deux motos, l'une n'avait plus de moteur, l'autre une fourche tordue.

À notre entrée dans l'atelier, l'homme se retourna. Je vis tout de suite que c'était le père de Ludwig, même s'il n'avait pas les cheveux blonds mais gris, car ses cheveux lui faisaient aussi comme une casquette sur la tête. Il portait une épaisse moustache grise qui tombait en coin et entourait le menton. Il tenait un tournevis dans la main droite et souriait, gêné. Il dit bonjour, puis plus rien. Je ne savais pas pourquoi il était gêné. C'était quand même plutôt à moi d'être gêné devant un adulte inconnu. C'est Johann, dit Ludwig. Son père examina attentivement le tournevis. Il portait un bleu de travail déchiré, je voyais son slip. Il avait du ventre, mais ses jambes étaient très minces. Le chat s'appelle Otto, dit Ludwig. La fille, il ne la présenta pas. Bon, ben je continue, dit son père, et il retourna à sa moto.

Je ne sais plus quelle fut ma première impression de la sœur de Ludwig. Je crois que ce n'est pas elle que je vis en premier mais le chat. Vera n'était qu'une enfant, d'un an plus jeune que Ludwig et moi. Bien sûr, un chat aussi, pour un garçon, ce n'est qu'un chat, mais celui-ci était sale comme pas un, c'est pour ça que je l'ai remarqué. Il était ébouriffé et n'était pas noir et blanc, mais noir et gris, même si le gris avait sûrement dû être blanc un jour. Il brillait, mais pas comme brillent les chats qui viennent de se lécher le pelage, il avait des reflets huileux. Le chat était couché sur les genoux de Vera, il ronronnait et se léchait les pattes tandis que Vera lui passait la main dans le pelage.

Je pensais au chat tandis qu'à deux heures du matin je ne dormais toujours pas. Ce n'étaient pas des pensées rassurantes. Les chats peuvent être inquiétants la nuit, et un chat huileux me sembla à ce moment-là si étrange que je fus convaincu que dans cette maison, avec cette famille, quelque chose ne tournait pas rond. Tiens-toi à l'écart, pensai-je et me demandai à nouveau si je n'allais pas me faufiler jusqu'à mon vélo. J'étais aussi un peu déçu que Ludwig dormît déjà. Bon, il avait tenu le coup jusqu'à onze heures et demie, plus longtemps que tous les autres. Mais l'éternité, c'était autre chose. L'éternité à l'époque, c'était pour moi, je crois, jusqu'à ce que je m'endorme moi-même.

Nous avions joué un long moment sous un toit à côté de l'atelier. Là, il y avait encore plus de motos, une demi-douzaine, elles étaient toutes vieilles et venaient d'Angleterre, des Norton, des Triumph, des AJS, des BSA. Elles étaient en mauvais état, rouillées, désossées. Nous étions assis sur les engins et jouions à la moto de police, à la moto de course, à la moto de l'armée, à la moto de gangster. Nous jouions tout excités, j'en oubliais le pont au-dessus de nous, et pourtant je crois que cet été-là me vinrent les premiers doutes, jouer était-il le but principal dans la vie ? La question revenait par moments, lancinante, quelle image donne-t-on de soi, en fait, quand on se tient sur une moto à demi penché sur le côté en imitant des positions dangereuses, qu'on fait jaillir de sa gorge un cri perçant, le bruit d'un moteur qui n'existe qu'à moitié, et qu'on reste tout ce temps-là cloué au même endroit parce que le véhicule auquel on se cramponne ne peut même pas rouler ? Pendant l'automne qui suivit cet été-là et au cours duquel nous eûmes douze ans, nous abandonnâmes ce jeu fougueux et insouciant. Cet été fut celui de notre adieu à l'enfance et je suis très heureux d'avoir rencontré Ludwig au bon moment pour vivre avec lui cet adieu, le plus important de la vie.

Tard dans l'après-midi nous avons grimpé sur le coteau, notre but était le pont. Le versant était couvert de broussailles et d'arbustes. Le dernier pan était très abrupt, je glissai, tombai, Ludwig m'aida à me relever. Ça n'avait pas été mon idée mais la sienne. Nous étions sur les motos et le silence s'était fait entre nous. Nous avions joué à tout ce à quoi on pouvait jouer. Allons sur le pont, avait dit Ludwig. Je fus d'abord content de cette proposition qui rompait le silence, mais j'eus ensuite un drôle de sentiment. Le pont était si haut, et au-dessus, les voitures fonçaient. Naturellement je n'ai rien dit, j'ai suivi Ludwig qui menait au pas de course. C'était un test et je le savais. Je restais bien derrière lui, la respiration haletante retenue derrière mes lèvres fermées. Je soufflais quand un camion passait en grondant. Puis nous fûmes en haut. Couchés sur le talus, nous observions les voitures. J'étais étourdi et grisé en même temps, je n'avais encore jamais ressenti la vitesse de si près. Le bruit, la violence du vent, le sentiment de vertige lorsqu'on voulait suivre des yeux les plus rapides et que le regard était emporté, le sentiment de danger. Je jubilais intérieurement, j'étais un trappeur et devant moi galopait une horde d'Indiens. J'aurais pu rester couché là pour l'éternité.

Allons-y, dit Ludwig. Il se leva, glissa au bas du talus et sauta par-dessus la glissière de sécurité. Viens, cria-t-il comme je restais couché. Je ne voulais pas, le sol du talus était mou et chaud. Je ne pouvais pas, je ne devais pas. Trappeur encore à l'instant, je redevenais le bébé de mes parents. Voiture égale danger ! Sur une autoroute on ne joue pas ! Un camion arriva à toute allure, Ludwig écarta les bras et fut quasiment soufflé contre la glissière. Il rit. Je me levai et sautai par-dessus la glissière. Puis il partit en courant. Nous courûmes le long de la voie vers le pont. Quelqu'un klaxonna. Au bout de cent mètres sur le pont, Ludwig s'arrêta, enjamba la glissière de sécurité et se jeta contre le grillage serré qui bordait le pont. Je l'imitai, non pas parce que je voulais particulièrement regarder en bas, mais parce que je souhaitais rester tout près de lui. Un seul mètre de distance m'aurait donné le sentiment d'être seul. Seul sur ce pont immense.

Quand on est enfant, on a un sens particulièrement développé pour la laideur, pas pour la beauté. Je ne crois pas qu'à l'époque, je mesurais vraiment combien la vallée dans laquelle je vivais était belle. Je regardai en bas et vis le fleuve, les champs, les coteaux, et plus loin, derrière, notre petite ville, sur le côté, le barrage et le petit lac. Je tremblais, j'avais peur du vide et des bolides derrière moi, j'étais coincé entre les deux plus grands dangers de l'enfance, la voiture et la chute, mais je riais et je criais. Je regardais les oiseaux planer en bas. Je me voyais au-dessus de ce monde qui souvent m'oppressait, les parents inquiets, les soucis de la scolarité et des devoirs, l'attente d'un ami. J'étais plus grand que d'habitude, plus vieux aussi. La hauteur faisait de nous des adultes. Ludwig aussi riait et hurlait.

Lorsqu'il dit, de l'autre côté maintenant, tout s'écroula. On ne peut tout de même pas traverser là, dis-je. Bien sûr que si, sans problème, je n'ai encore jamais eu d'accident ici. J'étais de nouveau un enfant, bien loin d'avoir onze ans. Je me voyais courir, je voyais la voiture foncer, je voyais le choc, je tourbillonnais dans l'air et m'écrasais sur l'asphalte. C'est trop dangereux, dis-je. Nous étions assis sur la glissière, nous nous taisions. Je savais combien il était déçu. J'avais beaucoup de numéros de téléphone, dit Ludwig après un moment. Mais c'est toi que j'ai appelé.

Deux heures moins dix. De Ludwig, je ne voyais que la nuque. J'étais sceptique. Pouvait-il vraiment être mon ami ? Je pensais à la curieuse chevelure blanche, à la curieuse peau blanche. Ce n'était vraiment pas une joie de regarder ça pendant des heures. En plus, il n'avait pas été particulièrement gentil de me pousser à traverser l'autoroute. À l'époque c'est ce que je pensais en tout cas, je ne connaissais pas encore très bien Ludwig. Il ne vint pas de voitures, nous arrivâmes sains et saufs de l'autre côté, et retournâmes sains et saufs. Malgré tout, j'avais eu peur comme jamais. À vrai dire, cela avait été aussi une sensation grandiose de redescendre la colline après, avec Ludwig. Nous avons décompté tous ceux qui n'auraient pas réussi cet examen, et à la fin, il ne restait plus que Ludwig et moi.

Je guettais car j'avais cru entendre à nouveau des pas, mais il n'y avait rien. Dans cette maison, tout était différent de ce que je connaissais. Un plancher qui grinçait à chaque pas comme si quelqu'un était couché dessous et se plaignait du dérangement, des portes qui ne fermaient que si on les poussait avec force ou si on tirait dessus, ce qui provoquait un claquement sourd et me faisait sursauter, des étagères remplies de livres aux reliures défraîchies, des tapis courts qui faisaient des plis ou dont au moins l'un des coins était replié. Il y avait tellement de hasards ici, un filtre à air sur un rebord de fenêtre, une ampoule au filament cassé parmi les livres, trois pièces de monnaie sur l'accoudoir d'un sofa. Les choses semblaient figées pour l'éternité là où quelqu'un les avait posées sans y prêter attention. Chez nous, une chose pareille était impensable. Ma mère rangeait toujours, les portes fermaient silencieusement, le tapis étouffait tous les bruits. Nos meubles étaient neufs, dans la maison des parents de Ludwig, ils étaient vieux et recouverts d'une épaisse couche de peinture. On voyait des coulures. Les rideaux n'étaient plus retenus par tous leurs anneaux, c'était poussiéreux sans pour autant être sale. Une odeur de murs entre lesquels on a longtemps habité, longtemps vécu.

À côté, dormait sa sœur. Si je me souviens bien, je ne l'ai pas entendue dire un mot ce jour-là. Le soir à table, elle avait été en face de moi, à côté de Ludwig. Son père avait la place à mon côté, mais il était resté le plus souvent devant la cuisinière à faire des crêpes. Avec une louche, il prenait la pâte dans un récipient en plastique et la répandait dans la poêle. Ensuite il restait debout, attendait, retournait la crêpe, attendait de nouveau, la retirait de la poêle, la mettait dans une assiette qu'il portait à table et la faisait glisser sur un monticule en attente. Nous mangions en silence. Au début encore, Ludwig avait raconté ce qu'on avait fabriqué dans la journée, mais ensuite lui aussi s'était tu. Nous combattions. Nous combattions la montagne brun-jaune sur la table qui n'arrêtait pas de grandir alors que nous n'arrêtions pas de manger. Nous combattions l'un contre l'autre. Nous plantions la fourchette dans une crêpe, la balancions dans notre assiette, l'étalions, tartinions de la compote dessus et mangions, muets. Dans la poêle, la pâte à crêpes sifflait et grésillait. Ludwig se servait toujours avant moi mais je ne laissais pas l'écart se creuser. Le père apportait une nouvelle crêpe. Il portait toujours son bleu de travail et je voyais son slip. À un moment, je remarquai que je n'étais pas engagé dans un duel mais dans un combat à trois. Je m'étais tellement concentré sur Ludwig que je n'avais pas remarqué que juste après moi, sa sœur pêchait une crêpe sur l'assiette du milieu, et ce, chaque fois. J'étais décontenancé et un peu agacé aussi. Qu'avait-elle à voir là-dedans ? Comment une fille pouvait-elle manger autant ? Je pris la crêpe suivante.

J'abandonnai lorsque le chat sauta sur la table. Certes, la sœur de Ludwig l'avait aussitôt fait déguerpir, mais pour un instant, l'odeur de vieille huile m'était montée au nez et cela brisa ma combativité. Jusque-là, je m'étais perdu dans un monde de crêpes, je goûtais, sentais et voyais des crêpes, voyais et entendais des mangeurs de crêpes, des faiseurs de crêpes. Ça paraissait alors tout à fait normal de manger des crêpes à n'en plus finir. Et puis, je sentis l'huile, et lorsque par-dessus, je sentis à nouveau l'odeur des crêpes, j'explosai presque de dégoût et d'une sensation de trop-plein. Ludwig et sa sœur continuaient de manger.

Elle était très mince, grande et mince. Elle était blonde mais pas si blanche que Ludwig. Quand on regardait attentivement, on pouvait distinguer un duvet blond sur son visage. Il était fin, ses yeux étaient ronds et gris. Ses oreilles étaient un peu décollées, on le voyait à cause des cheveux courts. Lorsqu'elle se tourna vers son père, peut-être pour voir si d'autres crêpes arriveraient encore, je vis son nez se profiler, pointu. Elle avait un grain de beauté à la naissance du sein droit, mais je ne sais plus si je l'avais déjà vu à l'époque. Elle aimait porter des robes à fleurs, laissait en haut beaucoup de boutons ouverts, comme si elle voulait montrer sa poitrine, mais elle n'en avait pas, pas à l'époque et pas vraiment plus tard non plus.

Lorsque le réveil à côté du lit de Ludwig indiqua avec un petit clic 2 : 02, j'entendis dehors un curieux courant d'air et juste après, un bruit sourd. Ludwig s'éveilla aussitôt. Il sauta du lit, beaucoup plus vite qu'on aurait pu s'y attendre après la bataille de crêpes perdue contre sa sœur. Viens, murmura-t-il, mais ne fais pas de bruit. J'avais un peu la nausée et je me sentais trop pesant pour vraiment pouvoir marcher discrètement, surtout sur ce plancher qui craquait, mais nous parvînmes à sortir sans être vus. Il faisait encore très chaud. Je ne savais pas ce que nous faisions là. J'aurais préféré rester au lit, mais j'étais content que Ludwig fût réveillé. Il me devançait à travers le jardin, il cherchait quelque chose. Là, dit-il soudain, et il s'arrêta. Dans l'herbe, il y avait un paquet. Nous fîmes deux pas en avant et je vis que c'était un être humain, avec des cheveux longs, une femme. Je pensai aussitôt qu'elle était tombée du ciel. Je compris qu'elle n'était pas passée par le jardin pour se coucher et dormir. Ainsi tordu, personne n'aurait voulu dormir. Je vis qu'elle s'était écrasée. J'avais oublié le pont bien que le pilier à côté de nous ressemblât à un géant faisant le guet et bien que j'eusse dû entendre les voitures. Je n'entendais rien. Je voyais la femme et pensais comment se peut-il qu'elle soit tombée du ciel ? Je regardai en l'air. La lune était une bonne grosse faucille. De là-haut ? pensai-je, comment a-t-elle atterri ici ? Je voyais une fusée partir vers la lune, je voyais une femme seule errer dans le désert lunaire, je la voyais trébucher, tomber et tomber encore, un long vol virevoltant. La deuxième cette année, dit Ludwig qui était à côté de moi. Ils aiment ce pont, dit-il. Au même moment, j'entendis de nouveau une voiture.

Ludwig fit deux pas vers la femme. Reste ici, dis-je. Viens, dit-il. Il fit encore un pas et fut juste à côté d'elle. Il faudrait le dire à ton père, dis-je. Oui, oui, tout de suite, viens maintenant. J'allai vers lui. Je repensai au pantin de la maternelle où j'étais avant. Là-bas, ils avaient un pantin, une belle marionnette avec de grands bras et de grandes jambes en tissu. Si on posait le pantin sans faire attention comme le faisaient la plupart des enfants, alors les bras et les jambes se pliaient bizarrement, et pour moi, c'était comme s'il lui était arrivé quelque chose de terrible. Je ne pouvais pas supporter cela. Quand je le voyais posé comme ça, je remettais droit les bras et les jambes. La femme avait l'air du pantin reposé sans égard. J'espérais que quelqu'un vienne et lui remette droit les bras et les jambes.

Mais ce n'était pas une femme, je le voyais maintenant. Elle était jeune, seize ou dix-sept ans. Elle ne saignait pas ; comme ça, il était plus facile de la regarder. De longs cheveux bruns, un jean, un T-shirt. Elle avait perdu une chaussure. Est-elle vraiment morte ? demandai-je. Ils sont tous morts, dit Ludwig. Cent mètres, personne n'arrive vivant.

Je remarquai comme il était excité, mais pas par la peur comme moi, il était presque euphorique. Il tourna autour de la fille, se pencha, lui enleva une saleté de la joue et puis lui ferma du doigt les paupières.

Il se passa encore beaucoup de choses cette nuit-là, la police vint, un médecin, un fourgon mortuaire. Il faisait jour lorsque nous allâmes nous coucher, mais nous restâmes encore longtemps éveillés. Nous parlions de la fille, nous nous imaginions comment elle avait pu vivre et pourquoi elle ne supportait plus cette existence. Nous soupçonnions un chagrin d'amour même si nous ne savions pas encore exactement ce que c'était. Nous nous sommes un peu disputés pour savoir combien de temps durait le vol depuis le pont. Ludwig avança dix secondes et cela me parut bien trop court. Il s'endormit après que nous nous fûmes mis d'accord sur le prénom de Lisbeth pour la fille. Lisbeth sonnait pour nous comme une vie qui n'en vaut pas la peine, cela sonnait comme maladie et mort.

Je restai encore longtemps éveillé, peut-être n'ai-je pas dormi du tout. J'allais bien. Je savais que Ludwig serait mon ami. Il avait onze ans, et les morts, il connaissait. Rien encore ne m'avait autant impressionné que ce geste naturel par lequel il avait fermé les paupières de la fille. Il avait déjà dû le faire une fois. Nous étions à un âge où la mort est la grande peur, mais pas notre propre mort, non, celle-ci nous semble impossible. Nous avions tous une peur immense de la mort de nos parents parce que nous avions peur des orphelinats et que nous avions peur des morts. Nous les voyions à la télévision, ils venaient la nuit dans nos chambres. Peut-être ai-je compris cette nuit-là : un ami, c'est plus que quelqu'un qui téléphone. On a besoin d'un ami contre la peur. Ludwig pouvait m'aider contre la pire de mes peurs.

2

Cinq ans plus tard, un samedi après-midi d'avril, j'attendais sur une Norton, sous le toit à côté de l'atelier. Il faisait chaud. Je ne pouvais pas entrer dans la maison car il n'y avait personne. Ludwig m'avait appelé deux heures auparavant pour me dire que je devais absolument venir. Il n'avait pas dit pourquoi. Ça avait souvent été comme ça. Je suivais toujours sa volonté et cela avait toujours valu la peine. Ses parents étaient partis pour le week-end, sa sœur dormait chez une amie. J'attendais depuis une demi-heure. Le pont, je ne l'entendais plus depuis longtemps. J'étais allé si souvent chez Ludwig, j'avais si souvent dormi chez lui que je n'y pensais plus.

Lorsque Ludwig arriva, il n'était pas seul. Avec lui il y avait une fille que je connaissais vaguement. Elle s'appelait Joséphine. Ils poussèrent leurs vélos par la porte, les laissèrent tomber dans l'herbe et me rejoignirent sous le toit. Ils étaient gênés.

Sur Joséphine, je ne peux pas en dire long. Elle avait seize ans, je crois. Jusque-là je n'avais jamais parlé avec elle, je la voyais de temps en temps dans la rue, ou à la piscine découverte, et savais simplement qu'elle existait. Joséphine se remarquait un peu parce qu'elle avait une dent en or : la canine en haut à droite. Elle brillait quand elle souriait, et parfois on aurait dit qu'une petite ampoule était allumée dans sa bouche. Peut-être n'était-elle pas vraiment en or, je ne sais pas. Sa famille n'avait pas tant d'argent que ça. Elle était russe. Je le dis comme ça même si nos professeurs n'aimaient pas beaucoup ce mot. Nous devions dire des Allemands de Russie, et c'était sûrement plus correct ainsi parce que Joséphine et sa famille avaient des ancêtres allemands, mais pour nous, ils étaient russes. Ils venaient de Russie chez nous, parlaient soit uniquement russe, soit un allemand qui sonnait comme s'il venait de forêts lointaines. Ils habitaient dans les baraquements où autrefois les soldats anglais avaient habité avec leur famille. Nous n'allions jamais là-bas.

Joséphine avait deux frères qui me mettaient mal à l'aise parce qu'ils passaient pour des petites frappes. Joséphine était-elle jolie ? Je ne peux plus vraiment le dire. Son visage était rond comme la lune, tout comme son derrière. Les épaules et les bras étaient tels qu'on aurait dit une lanceuse de poids, mais elle avait de beaux mollets minces et des chevilles fines, comme je le vis de nouveau lorsque nous nous sommes retrouvés sous le toit au-dessous du pont. Elle portait un chemisier blanc à volants et une jupe plissée noire qui lui arrivait sous les genoux. À vrai dire on ne portait de tels vêtements que pour la confirmation, mais naturellement pas avec des chaussures de sport. Joséphine portait des chaussures de sport sans chaussettes. Elle rit et dit bonjour. Cela franchit difficilement ses lèvres et avait des accents de forêt. Joséphine passait pour simplette. Je ne peux pas en juger moi-même parce que, comme je l'ai dit, je la connaissais à peine. On entendait seulement dire des choses par-ci par-là sur les filles de notre âge. Sur Joséphine, on disait aussi, par exemple, qu'elle était facile à avoir. Mais il ne faut pas trop croire tout cela, car à l'âge que nous avions, sur le sujet filles, personne ne pouvait faire de différence entre désirs et réalité, et Joséphine avait laissé voir à la piscine une poitrine qui avait donné à rêver à tout le monde, à moi aussi. Je devrais encore préciser qu'elle avait de longs cheveux bruns.

À l'époque nous attendions quelque chose. Nous savions exactement ce que c'était. Nous avions tout vu, nous savions à quoi ressemble une chatte de l'intérieur. Il y avait un ciné-parc dans les environs, et à la séance de minuit, nous nous perchions souvent dans les arbres. L'écran était de quatre mètres sur huit, et ils y allaient de très près avec la caméra. Nous avions parlé de tout, maintenant, il fallait que ça arrive. Nous avions dix-sept ans, toutes les semaines circulaient des nouvelles de camarades qui l'avaient fait, des plus jeunes que nous aussi. Ils confirmaient nos désirs et les excitaient. En ce temps-là, il m'arrivait souvent dans la classe de regarder une fille et de me dire peut-être qu'elle vient juste de faire ça la nuit dernière. Je regardais s'il n'y avait pas quelque chose de particulier dans le maintien, la mimique, la manière de parler, le mouvement, je n'étais jamais sûr. Si je le savais, pensais-je, ce serait comme si, avec un peu de retard, j'y avais pris part, un peu seulement, un peu tout de même. Si la fille que j'observais était assise à proximité de moi, j'essayais de saisir son odeur. Nous avions tout vu, tout entendu, mais senti, encore rien. Je flairais, je plissais le nez pour m'imprégner le plus possible du parfum de la fille. N'y avait-il pas eu quelque chose avec Corinna ? Est-ce que cela ne sentait pas différemment d'hier, d'avant-hier ? Plus sucré. Ça me rendait fou.

Je n'étais pas mal du tout à l'époque, certes pas plus grand que les autres mais plus fort, plus entraîné. Je passais pour gentil, sociable, loyal. Ça n'aurait pas été si difficile de trouver une fille. Le problème était l'accord dont Ludwig et moi étions convenus. Enfin, je ne veux pas parler de problème, c'était naturellement une bonne idée d'avoir décidé de devenir comme des jumeaux. Peut-être n'est-ce pas bien formulé : nous voulions *être* jumeaux. Nous voulions être absolument semblables, et comme nous n'étions pas jumeaux de naissance, nous devions créer la similitude, et pour ce faire, il était évident que nous ne pouvions vivre les expériences importantes qu'ensemble.

Viens avec moi, dit Ludwig après avoir brièvement répondu à Joséphine sur la hauteur du pont. Quatre-vingts mètres. Nous allâmes vers la maison, il ouvrit, et à peine étions-nous dans la cuisine qu'il se mit à glousser tout en se frottant les mains. En faisant cela, il haussait toujours tellement les épaules que son cou disparaissait et il frottait ses mains vite et vigoureusement comme s'il voulait allumer un feu à mains nues. Il traversa ainsi la cuisine, sans cou, gloussant et se frottant les mains. Je fus bientôt contaminé par sa joie, je me mis à rire bêtement et il se peut que je me sois aussi frotté les mains. J'avais, à cette époque, remarqué cette manie chez moi, quelque peu surpris car jusqu'alors, cela n'avait pas été ma façon de montrer ma joie.

Pour finir Ludwig déposa une poignée de préservatifs sur la table. Tu es prêt ? demanda-t-il. Naturellement j'étais prêt, j'étais toujours prêt en fait même si je m'étais imaginé tout cela autrement. Mais Ludwig avait raison naturellement. Il ne faisait pas de doute que nous devions tous les deux faire ça avec la même fille et à des moments aussi rapprochés que possible. Nous avions aussi pensé à aller ensemble au lit avec une fille, mais nous étions tous les deux mal à l'aise à cette idée. En fait, je voulais coucher avec une fille qui soit amoureuse de moi et dont j'étais amoureux. Mais c'était impossible d'en trouver une amoureuse de Ludwig et de moi en même temps, c'est la raison pour laquelle nous étions aussi en retard. Je regardai par la fenêtre et vis Joséphine assise sur une moto. Je ne savais pas comment Ludwig l'avait gagnée à notre idée. D'une certaine manière, je croyais même possible qu'elle soit amoureuse de Ludwig et de moi. On en savait si peu sur les Russes et leurs particularités. Et peut-être allions-nous tomber amoureux de Joséphine, ce soir-là. Tout semblait possible, la nuit, j'avais parfois pensé à ses fesses. Je regardais par la fenêtre, la voyais sur la moto, le chat huileux était assis devant elle, sur le réservoir, et elle le caressait. Je suis prêt, dis-je. Alors je vais la chercher maintenant, dit Ludwig. Il prit l'un des préservatifs et alla la chercher. Je pris les autres, je ne voulais pas qu'ils traînent sur la table lorsque Joséphine passerait par là. Puis elle entra derrière Ludwig dans la maison et je la suivis des yeux tandis qu'elle montait les escaliers. Elle se retourna rapidement. Sa dent en or brilla.

Je peux juste dire que c'est une belle expérience quand on sait qu'à l'instant même, tout à côté, votre meilleur ami obtient quelque chose qu'il a longuement désiré. J'étais assis sur la table de la cuisine et pensais à lui, non pas à ce qui se passait au même moment dans sa chambre, mais au temps où nous avions fait connaissance, c'est-à-dire à ce que j'ai raconté au début. J'étais très content d'avoir un si bon ami. Dans le même temps, j'étais assez excité. Je n'entendais rien, je ne voulais rien entendre non plus. Puis je pensai à Joséphine à la piscine découverte et à sa poitrine divine.

Je fus très surpris lorsque la porte d'entrée s'ouvrit soudain et que la sœur de Ludwig entra. Je sautai sur mes pieds, bien qu'il n'y eût pas de raison à cela. Elle me regarda, surprise. Elle portait de nouveau une robe à fleurs, et il se peut que je vis à ce moment précis le grain de beauté sur son sein droit. Je ne trouvais pas que, durant les années passées depuis notre première rencontre, elle eût beaucoup changé. Je dirais qu'une fille reste la même fille tant qu'on la regarde avec les mêmes yeux. Jusqu'ici, je l'avais toujours vue comme la petite sœur de Ludwig. Elle parlait peu et quand elle disait quelque chose, c'était généralement sur un ton grognon. Elle aimait encore rester avec son père dans l'atelier, cependant, elle n'était plus assise sur un tabouret, mais restait souvent debout, les pieds dans de curieuses positions. Soit ses pieds formaient un grand T, soit elle se mettait sur les pointes. Elle s'entraîne pour son ballet, avait dit Ludwig pour répondre à ma question. Je ne veux pas cacher qu'il avait dit cela sur un ton méprisant. Entre frère et sœur de cet âge, c'est sans doute comme ça.

Je ne crois pas que Vera et moi ayons déjà été seuls dans une pièce auparavant. Heureusement, on n'entendait rien de Ludwig et de la Russe, mais pour être bien sûr qu'on n'entendît rien, je me mis à parler fort. Je dis que Ludwig était en haut dans sa chambre, qu'il voulait se reposer un peu parce qu'on avait forcé à l'entraînement, il valait mieux ne pas le déranger maintenant, et moi aussi j'étais épuisé, et je voulais justement me faire un thé, et je ne m'attendais pas du tout à la voir, elle devait dormir chez une amie. Le père de ma copine vient juste de rentrer, dit Vera. Il a quitté sa famille depuis deux ans et demi, et le revoilà maintenant. Elle haussa les épaules. Ses pieds formaient un grand T. Rentré comme ça, tout simplement ? demandai-je. On a sonné, c'était lui, dit-elle. Il avait deux valises avec lui. Et ta copine et sa mère ? demandai-je. Elles étaient contentes. Elle haussa de nouveau les épaules. Pendant un moment, nous parlâmes d'histoires de séparation. Nous en connaissions un rayon, pour nous, c'étaient des discussions normales, quatre ans auparavant, mes propres parents s'étaient séparés.

La situation était très difficile. Je savais Ludwig en haut avec la Russe, et moi en bas je m'entretenais avec sa sœur à propos des parents. J'étais tendu. J'étais si près de réaliser mon désir et voilà que Vera venait tout chambouler. Puis j'entendis la porte en haut, et Ludwig descendit les escaliers. Curieusement, il avait l'air sérieux. Il ne nous accorda pas d'attention, traversa silencieusement la cuisine et sortit. Je ne sais plus exactement comment je me suis débarrassé de sa sœur. Je dus dire que maintenant, le lit était libre et que j'allais pouvoir m'allonger un peu. Quelque chose dans ce genre.

Elle dormait. En tout cas, elle avait les yeux fermés, et lorsque j'entrai dans la chambre de Ludwig, elle sursauta. J'avais dû l'arracher à un rêve. Je crois que j'étais assez gêné. Je me tenais à deux pas du lit, au milieu de la chambre. Elle avait la couverture tirée jusqu'au menton. Elle regardait le mur opposé et au bout d'un moment seulement elle me regarda, comme si elle était surprise qu'il ne se passe rien. Qu'est-ce qu'il y a ? demanda-t-elle avec sa voix des forêts. Je ne pouvais rien dire. Tu as peur ? demanda-t-elle. Comme je ne disais toujours rien, elle sourit. Faut pas avoir peur, viens vers moi. Je restais planté. Alors elle tira la couverture, se trouva soudain nue devant moi et je vis quelque chose à quoi je ne m'attendais pas du tout. Je veux dire, nous étions vraiment bien préparés. Je savais à quoi ressemblaient de gros seins couchés, comment ils s'étalent sur le buste, les tétons foncés ne pouvaient pas m'effrayer, ni les hanches pleines, ni les cuisses écartées sur le lit. Je connaissais tout cela en format quatre mètres sur huit. Mais cette laine noire et touffue au milieu d'un corps de femme, ça, je ne l'avais jamais vu. Les femmes qui m'avaient été montrées avaient une fine ligne de poils ou bien rien du tout. Du ventre de Joséphine, poussaient des poils en haut jusqu'au nombril, et en bas assez loin sur les cuisses. J'étais terrorisé et j'étais enthousiasmé. Peut-être pensais-je à quelque chose de doux, d'humide et de luxuriant comme la mousse, cela avait toujours été une agréable sensation de toucher la mousse et j'avais toujours éprouvé le désir de me coucher dedans quand j'en voyais. J'allai à Joséphine et posai ma tête entre ses jambes. Je la laissai longtemps reposer là. Ses poils étaient doux, elle sentait un peu le caoutchouc, mes yeux étaient fermés. Bientôt je sentis les doigts de Joséphine sur ma tête, ils peignaient mes cheveux. Je restai là une éternité. Longtemps, il ne se passa rien, pas grand-chose en tout cas. Lorsque je quittai l'endroit entre ses jambes, je n'allai pas bien loin car il me fallut ensuite enfouir ma tête dans son ventre. Je crois qu'enfouir est le bon mot pour ce qui se passa cet après-midi-là. J'enfouis mon visage entre les jambes de Joséphine, dans son ventre, entre ses seins, dans ses seins, sous ses bras, dans le creux de son cou, au creux de ses genoux, mais là, elle était chatouilleuse, c'est pour ça qu'elle m'en chassa aussitôt. Je reposai presque tout le temps immobile sur son corps, parfois mes lèvres ou ma langue jouaient un peu avec sa peau, ses cheveux, ses tétons, son clitoris. Et bien que seul mon visage fût enfoui, j'avais le sentiment d'être totalement entouré par Joséphine. Elle fut pour moi, pendant ces heures, une caverne douce, chaude et humide, et je n'eus pas peur.

Nous fîmes l'amour deux fois. Deux fois elle cria mon nom. Je restai encore longtemps à côté d'elle, mon visage dans le creux de son cou. Je fus surpris en remarquant qu'il faisait noir. J'avais oublié Ludwig, sa sœur, la maison dans laquelle je me trouvais. Je m'habillai précipitamment et descendis. La maison était dans le noir. Je sortis, allai à l'atelier, je ne trouvai pas Ludwig. Joséphine était partie depuis longtemps que j'étais encore assis à la table de la cuisine à attendre. Il ne vint pas. Bien après minuit, je rentrai chez moi.

Je le revis seulement le lundi suivant, jour de notre entraînement. Nous faisions du deux sans barreur. Là, je dois peut-être expliquer quelques trucs. C'est un bateau particulier, il n'y a personne pour barrer, c'est pourquoi deux sans barreur. Chacun a un aviron, Ludwig tire à bâbord, moi je tire à tribord. Comme chacun tire d'un côté, nous devons être de force égale pour que le bateau ne tourne pas en rond. Bien sûr, il y a une barre, que le chef de nage actionne avec le pied, mais plus il dirige, plus il lui faut compenser les déséquilibres et plus le bateau tangue. Nous avions de bonnes prédispositions pour le deux sans, nous étions de la même taille, du même poids, de la même force, techniquement aussi doués et nous étions amis, nous avions les mêmes pensées. Pour notre première saison en deux sans barreur, nous gagnâmes toutes les courses dans la catégorie des poids légers.

Pour notre deuxième saison nous eûmes de nouveaux adversaires, des frères jumeaux de Potsdam. Les jumeaux, surtout les vrais, sont naturellement aptes au deux sans barreur. Nous perdîmes la première course, nous perdîmes la seconde. Le soir suivant, après le dîner chez Ludwig, il me dit, viens, allons sur le pont. Nous ne l'avions plus fait depuis longtemps, le temps des jeux était loin. Je le suivis sur le coteau, nous allâmes jusqu'au milieu du pont. La vallée était sombre, on voyait les lumières des fermes et de la petite ville. Il y avait peu de circulation. Ludwig se hissa sur la grille jusqu'à ce qu'il pèse de tout son poids sur l'arête avec son bassin. Il resta ainsi, on aurait dit qu'au premier appel d'air d'un camion il pouvait basculer en avant. Si je sautais maintenant, dit-il, tu sauterais aussi ? J'étais aussi désespéré que lui, nous n'étions pas habitués à perdre, mais ce n'était pas une raison pour se tuer. Descends, dis-je, c'est dangereux. Allez, dis-le, tu sauterais aussi ? Il tendit les bras et pressait maintenant ses cuisses contre la grille. J'entendis un camion au loin. Arrête ! criai-je. Il redescendit, me prit par les épaules. Tu n'aurais pas sauté, quelques courses perdues ne sont pas non plus une raison de se tuer. Mais ces salauds sont des jumeaux, tu comprends, et si nous voulons les battre, il faut que nous soyons jumeaux nous aussi. Nous ne pouvons pas retourner dans le même œuf, mais nous pouvons à notre manière devenir identiques, plus qu'avant. Nous devons toujours faire la même chose, nous devons toujours vouloir la même chose, nous devons toujours penser la même chose. Il criait. Et si l'un de nous deux a une raison de sauter, cette raison doit en être une pour l'autre, tu comprends ? C'est ce que tu veux ? C'était ce que je voulais. J'étais très heureux ce soir-là. Nous étions amis et nous allions devenir jumeaux.

J'espère que tout le monde comprend ce qu'une telle proposition signifie. Nous avions seize ans lorsqu'il dit cela, nous nous trouvions affreux, nous nous trouvions insupportables et nous espérions tellement qu'il y ait des gens pour voir les choses autrement. Jamais on ne passe si vite des plus gros doutes aux plus grands espoirs. C'est à peine supportable. Et voilà quelqu'un qui vous dit : je veux être exactement comme toi. C'est formidable. Ça donne confiance en soi. Car nous étions tellement peu sûrs de nous que n'importe qui représentait une menace. Chaque nouveau blouson porté par un autre reposait la question, tous les blousons qu'on avait soi-même n'en devenaient-ils pas ringards du même coup, ne devions-nous pas immédiatement posséder le même blouson ? Nous étions à l'affût de chaque mot, de chaque intonation afin de savoir si ça ne deviendrait pas le nouveau mot, la nouvelle intonation. Nous devions être rapides, nous étions très nerveux. Avoir un jumeau pouvait vous libérer de pas mal de choses. Un jumeau, si j'ai bien compris Ludwig, c'est quelqu'un qui ne vous déstabilise jamais, parce que ce qu'il fait, ce qu'il dit et ce qu'il porte, c'est aussi ce que vous faites, ce que vous dites et ce que vous portez.

Depuis ce jour-là, je ne rentrais plus chez moi que pour dormir, et encore. Nous passions ensemble presque tous les moments où nous ne dormions pas, nous regardions la télé ensemble, nous jouions aux mêmes jeux vidéo, nous lisions les livres ensemble, nous mangions la même quantité des mêmes plats, nous nous disions tout afin que nos pensées puissent devenir celles de l'autre. Nous perdîmes encore deux courses, le reste de la saison nous revint. C'était l'année avant que nous ne couchions avec Joséphine.

Je t'ai appelé plusieurs fois, dis-je comme nous nous changions pour l'entraînement. Je n'étais pas là, dit-il. Notre hangar à bateaux était petit et étroit. Il n'y avait même pas de cabines. On se changeait dans l'atelier où ça sentait la sueur et la graisse que l'on mettait sur les dames de nage. Là, il y avait aussi notre salle de musculation, nous n'avions qu'un long banc pliant et des haltères dont les poids rouillaient. Au plafond était accrochée une planche en bois que nous devions toucher en sautant. Dans le hangar, il y avait une douzaine de bateaux, la plupart étaient de vieilles barques à clins, deux ou trois skiffs de course à coque plastique et notre deux sans barreur, le seul bateau neuf. On l'avait acheté pour nous parce que nous étions l'espoir du club. Sur une remorque, il y avait un petit bateau à moteur pour l'entraîneur, mais nous sortions la plupart du temps sans entraîneur, et travaillions selon notre propre plan.

Nous avons porté notre bateau jusqu'au fleuve, l'avons mis à l'eau, avons bordé les pelles, sommes montés et nous sommes éloignés du ponton. Ludwig était chef de nage, il me tournait le dos. Nous voulions faire une course de fond, dix kilomètres, à un bon rythme. Nous pouvions aller vers l'est ou vers le nord. Vers l'ouest, c'était moins commode à cause du barrage, nous devions d'abord passer par l'écluse. Malgré cela, nous allions généralement vers l'ouest, car là-bas nous attendait le pont vers lequel quelque chose nous attirait. Si nous ne croisions pas le bateau de la Flotte blanche, nous étions seuls sur le fleuve, les dames de nage grinçaient, l'eau clapotait sur les pelles. Un fleuve gris entre des rives vertes. Arrivés sous le pont, nous lancions tous les deux un coup d'œil en haut.

À la borne 43/7 je vis Joséphine assise sur la rive. Elle portait de nouveau sa robe de communiante, elle me sourit, sa dent en or brilla au soleil. J'étais content de la voir. J'avais pensé à elle tout le dimanche et j'aurais tellement aimé raconter à Ludwig comment ça avait été avec elle, et j'aurais aussi voulu qu'il me raconte comment ça s'était passé. Ça tangue sur le bateau, dit-il sèchement, concentre-toi. Je n'avais même pas tourné la tête, à peine regardé Joséphine du coin de l'œil. Mais bien sûr, elle occupait mes pensées, et si j'y réfléchis bien, l'avertissement de Ludwig était un signe que nous étions sur le bon chemin. Il sentait les moindres changements, et il fallait qu'il en fût ainsi. Et puis il avait raison, naturellement. Nous étions à l'entraînement, nous n'avions que faire des distractions.

Lorsque nous fûmes à nouveau au barrage, nos pelles flottant sur l'eau tandis que nous reprenions notre souffle au même rythme, Ludwig dit, il vaut mieux que tu oublies cette putain de Russe, ce n'est pas une fille pour toi. Nous nous étions entraînés très durement, dix kilomètres, vitesse maximale, c'est comme un combat de trois quarts d'heure contre la mort. Nous n'en pouvions plus et Ludwig était peut-être encore un peu en colère à cause de ce petit incident. Il ne fallait donc pas prendre ses paroles trop au sérieux.

J'essayai de ne plus penser à la Russe. Elle vint encore quelques fois sur la rive, puis je ne la vis plus. Peut-être avait-elle attendu que j'aille vers elle. Aucune idée. Bon, nous avions eu quelques très bons moments, mais qu'est-ce que ça veut dire, au bout du compte, il reste quand même de grosses différences. Je l'oubliai avec le temps. Toutefois il en resta quelque chose, ce qu'on pourrait décrire comme un désir vague, un besoin impérieux de vivre encore une fois la même chose, pas avec la Russe, non, il y avait tellement de filles. Mais chaque fois que j'abordais la question avec Ludwig, il se défilait et parlait aussitôt d'autre chose. Ça ne changeait pas beaucoup d'avant, du reste. Ludwig n'avait jamais montré un intérêt particulier pour le sujet. C'était d'ailleurs bien à cause de mon insistance qu'il nous avait trouvé la Russe. Je lui en étais d'autant plus reconnaissant. J'essayai de réprimer mon désir et pour un temps, j'y parvins assez bien.

3

Lorsque d'après le calendrier, on fut en été, il se mit à faire froid, quinze degrés en juin. Nous n'étions jamais assez couverts et souvent trempés. Alors cette catastrophe climatique, elle arrive, demandait Ludwig, et le réchauffement de la planète ? On rigolait. On rigolait souvent d'ailleurs. Nous nous sentions bien, là, je crois que je peux parler aussi pour Ludwig. Jamais le mauvais temps ne m'avait aussi peu contrarié. Je me rappelle une fois, surpris par des nuages noirs, nous avions cherché refuge sous un abribus, et Ludwig, alors qu'il tombait des cordes, de grosses cordes même, avait soudain fait trois pas à l'extérieur et était resté planté. Je proteste, cria-t-il vers le ciel, je ne bougerai plus jusqu'à ce que la pluie cesse. Je me joignis à lui. Je proteste aussi, criai-je, et fus bientôt aussi trempé qu'après un bain dans le fleuve, façon de parler car je ne me suis jamais baigné dans le fleuve. Lorsque au bout de dix minutes la pluie cessa, Ludwig cria victoire, je criai aussi victoire, et on se mit à rire et à sauter dans les flaques. Jamais je n'oublierai quand Ludwig me prit par les épaules, l'eau lui coulait des cheveux dans les yeux, tout son visage était couvert de gouttes, ça ruisselait, et quand il cria, on a réussi, on a gagné, de l'eau lui coula aussi dans la bouche. Il n'avait pas l'air bien différent après une victoire sur les vrais jumeaux, simplement heureux, juste plus mouillé, et moi, je criai, on lui a montré qui on était, il ne recommencera plus, et Ludwig fit un doigt d'honneur vers le ciel. Nous n'avons pas vu le bus arriver. C'est le klaxon qui nous fit reculer, nous avons alors pris nos vélos et sommes partis en rigolant encore. En juillet, l'été s'arrangea. Plus d'une fois nous nous sommes dit qu'il suffisait de tenir le coup et que tout irait bien.

Nous étions devenus jumeaux, pas de doute. Nous nous retrouvions toujours cinq minutes avant le début des cours, ou plus exactement nous arrivions toujours cinq minutes en retard parce que nous étions convenus de nous raconter chaque matin les rêves de la nuit. Nous n'étions ni l'un ni l'autre de gros rêveurs, souvent, nous n'avions rien à raconter, tout au plus une brève histoire bien angoissante, un truc méchant sur nos talons, ou une honte devant toute la classe, mais cela arrivait rarement. Moi, je rêvais de temps à autre que quelqu'un se balançait au trapèze sous un chapiteau, et quand, en montant par l'échelle de corde, j'arrivais en haut, je découvrais que c'était Joséphine, presque nue. Nous tombions ensemble dans le filet. Chaque fois, Ludwig prenait acte de ce récit sans faire de commentaire. La plupart du temps, nous ne parlions pas de rêves du tout, parce que nous n'avions rien rêvé, nous parlions juste comme ça, de l'école, de l'aviron, ou de n'importe quoi.

À propos de Joséphine, il y avait eu des problèmes avec ses frères. Je ne sais plus ce qu'ils nous voulaient. Ils criaient et jouaient les gros bras, nous avons écouté un moment jusqu'à ce que Ludwig frappe le plus vieux au visage. Sans réfléchir, je fis pareil avec le plus jeune. Il fut si surpris que, malgré sa brutalité russe, si je puis dire, je parvins à avoir le dessus. À la fin, il resta allongé sous moi sans bouger. Je vis que Ludwig en avait aussi fini avec son adversaire, il se leva et lui donna encore un coup dans les côtes, pas vraiment fort, qu'il n'y ait pas de malentendu, un petit coup de rien du tout, plutôt un frôlement de la pointe du pied. C'est pour ça que je n'ai aucune difficulté à avouer que mon Russe aussi reçut un petit coup dans les côtes. Ils ne respectaient vraiment rien, ces types.

Nous allions à l'école sans rechigner. Nous étions, sans trop d'efforts, des élèves moyennement bons, parfois curieux de ce qui nous était raconté, la plupart du temps cependant vaguement ennuyés sans être franchement dégoûtés. Nous regardions nos professeurs avec indulgence. Ils assumaient la tâche de nous préparer au monde des adultes, avec un sérieux touchant, bien que personne ne sût à quoi ressemblerait le monde lorsque nous serions adultes. Tout changeait sans cesse. Bien sûr, nous aussi, nous avions des raisons de haïr les profs, notre professeur de géographie par exemple était un vrai tortionnaire avec une tendance à donner des devoirs qui vous prenaient toute une journée, mais ensuite nous le voyions désemparé devant les grandes cartes du monde qu'il avait déroulées dans la salle de classe, et voilà que de nouveau, les frontières entre États avaient changé de place. C'est tout juste s'il ne nous faisait pas pitié lorsque, avec un gros feutre noir, qu'il guidait en tremblant, il devait compléter ou changer les cartes à l'aide de graphiques trouvés dans des journaux. Ce qu'on voyait à la fin correspondait encore moins à la situation politique du moment que la carte originale parce que le professeur de géographie avait encore une fois dérapé avec son feutre ; c'est que les cartes étaient verticales, pas horizontales. C'est ainsi que, essayant devant nous de démanteler la Yougoslavie, il sépara les terres continentales grecques en deux moitiés, puis il fonda dans un coin de l'Iran une république indépendante en dissolvant l'Union soviétique. Je n'eus jamais d'atlas où toutes les frontières fussent correctes. Ne parlons pas des ordinateurs avec lesquels nous devions travailler. Pour le bac, je pianotais sur le même engin qu'en sixième, mais l'attente après chaque instruction me paraissait beaucoup trop longue tout simplement parce que les ordinateurs que nous utilisions chez nous étaient de plus en plus rapides. Je dirais aujourd'hui que notre école était, dans ce monde où tout allait vite, trop douillette pour être vraiment menaçante, c'était probablement la raison pour laquelle Ludwig et moi ne pouvions pas lui en vouloir vraiment.

Pendant les pauses, nous étions toujours seuls. Nous avions notre propre coin devant sur les marches, là où on avait le droit de fumer. Nous ne fumions pas, bien sûr. Nous étions assis là, et discutions. De quoi aurions-nous parlé avec les autres, du reste ? Ils nous dérangeaient. Nous n'avions pas besoin d'eux. Il y eut cependant une courte phase où nous avons été trois. Ce fut quand Marco vint chez nous, à l'école. Je connaissais Marco de Berlin, nous étions dans la même maternelle. Après le déménagement de mes parents dans la petite ville près du lac artificiel, nous nous écrivîmes deux fois, puis je le perdis de vue. En hiver, alors que Ludwig et moi étions déjà jumeaux, je le vis soudain dans la cour de récréation. Je le reconnus tout de suite. J'étais content de le voir là, ses parents avaient finalement déménagé eux aussi. Il était nouveau et mal assuré, je prenais soin de lui. De bons souvenirs nous liaient. Pendant les pauses, il était assis avec Ludwig et moi sur les marches, je l'emmenais aussi à l'aviron et parfois chez Ludwig. C'était un gars joyeux. Au bout de deux ou trois semaines, Ludwig me demanda si je ne trouvais pas, moi aussi, que Marco était trop simplet pour mériter d'être avec nous. Je ne pouvais que lui donner raison. C'est ça qui était génial entre nous, nous éprouvions les choses de la même manière et en même temps. Le plus souvent, c'était Ludwig qui les exprimait en premier parce que, en général, il parlait davantage. Marco dut l'avoir amère quand nous lui fîmes comprendre qu'il devait se chercher d'autres amis, je fis cela avec tact, sans le blesser, et bientôt, on le vit souvent avec le gros Georg. Plus tard ils quittèrent l'école prématurément et devinrent policiers.

Entre-temps, Vera aussi était arrivée dans notre collège, mais elle n'était jamais avec nous, entre frère et sœur, ça ne marche pas ce genre de choses. Je dois dire qu'elle me plaisait plutôt. Elle portait les cheveux plus courts et ses robes à fleurs tombaient très bien sur ses épaules carrées. Elle ne faisait plus de pointes, ça aurait fait puéril, elle avait quinze ans. Elle en resta à la position en T.

Au début de l'été, alors qu'il faisait encore froid, je l'ai approchée une fois. À l'époque où une fille de sixième avait été enlevée. Dans notre petite ville vivaient beaucoup de gens riches, sûrement parce que c'est si beau chez nous, le fleuve, la verdure, et pas loin des grandes villes et de leurs groupes industriels. Il y avait plein d'enfants de patrons dans notre école, des enfants qui, le matin, allaient nager dans leur piscine privée parce que c'est bon pour le dos. Nous les appelions des bourges et ne voulions rien avoir à faire avec eux, mais bien sûr, nous eûmes pitié de la petite lorsqu'elle fut kidnappée sur le chemin de l'école. Ils voulaient trois millions. Ce fut une période agitée, beaucoup de policiers à l'école et dans les rues. Un temps où nous rêvions tous de trouver la fille, de terrasser les gangsters et d'encaisser une grosse récompense. Ludwig et moi parcourions les forêts à vélo dans l'espoir d'y trouver une piste et imaginions avec quelles ruses et quelle tactique nous pourrions maîtriser les ravisseurs. En secret et malgré toute l'horreur, chacun espérait bien par moments se retrouver soi-même dans le rôle de la fille, être perdu, en danger et qu'on le plaigne. Et puis, le prisonnier n'était-il pas le premier à pouvoir mettre les gangsters hors course et devenir un héros ? Toutefois, je dois avouer que je ne sais pas si véritablement chacun espérait ce rôle, parce qu'on ne parlait pas de ce genre de choses, naturellement. Je ne le sais que pour Ludwig et moi car, en tant que jumeaux volontaires, il nous était évidemment possible de nous raconter même les trucs les plus gênants. Au bout de trois semaines, la rançon fut payée et la fille libérée. Nous fûmes très surpris d'apprendre où elle avait été cachée. Le pilier plus court, lové contre le coteau, était creux par endroits, nous le savions. Il y avait une porte en fer derrière laquelle nous supposions un réduit où les ouvriers du pont pouvaient ranger leurs outils. Il nous était arrivé de secouer la porte auparavant, mais elle était toujours restée fermée. Et puis nous l'avions oubliée. La fille avait dû vivre trois semaines dans ce réduit. Nous y allâmes dès que la nouvelle fut annoncée à la radio. Le site était bouclé, les hommes étaient sur les dents. Le soir, dans la chambre de Ludwig, nous avons longtemps cogité à ce que ça pouvait faire de passer trois semaines dans un réduit sombre comme ça, aux chemins d'évasion possibles, et bien sûr, ça nous agaçait d'avoir été géographiquement si près de la solution. Le pont était notre territoire, et en trois semaines pas le moindre soupçon.

Je partis seulement à minuit. En quittant la maison, je vis que la lumière était encore allumée dans l'atelier. La porte était entrouverte et j'entendis comme un gémissement ou de faibles sanglots. Je m'arrêtai. Puis me dirigeai vers la porte et regardai par l'entrebâillement. Je vis Vera à côté du bidon d'huile, assise sur un tabouret. Ses bras étaient croisés sur ses genoux relevés et sa tête reposait sur ses bras. Son dos tremblait. Je voulus d'abord m'éclipser parce que je ne savais pas comment on s'y prend avec une fille qui pleure, mais finalement, j'entrai dans l'atelier. Elle m'entendit et leva les yeux. On voyait qu'elle pleurait déjà depuis un moment. Elle est restée là pendant tout ce temps, dit-elle entre deux hoquets, même pas à cent mètres d'ici, dans le noir, elle a dû avoir une de ces peurs ! Vera était un peu moche à ce moment-là, de gros yeux rouges, les joues creuses, les larmes étalées sur tout le visage. Elle ressemblait à une petite chouette qui aurait quitté le nid trop tôt. Elle recommença à pleurer. J'allai vers elle et posai une main sur ses cheveux. Comme elle continuait de pleurer, je m'approchai encore et appuyai sa tête doucement contre mon ventre. C'était étrange, d'être là, debout, et de sentir la tête d'une fille contre son ventre. On n'a rien dû lui donner à manger, dit-elle en pleurant, et je sentais ma chemise devenir humide. Puis elle se leva, mit ses bras autour de mon cou et posa sa tête contre ma poitrine. Où étaient mes mains ? Je ne peux plus le dire exactement. À plusieurs endroits si je me souviens bien, voyons, sûrement sur ses épaules, la tête, le cou, oui, mais très vite, et sur les hanches. C'était tellement étrange, alors si je ne me trompe pas, ses doigts à un moment jouèrent sur ma nuque. Nous étions tous les deux très troublés, la fille dans le pilier et puis maintenant nous ici, si tard et seuls, et cette odeur de larmes, qui n'est certes pas une odeur agréable mais que j'ai toujours aimé sentir, et par-dessus le marché, des motos et un bidon d'huile. Nous ne nous sommes pas embrassés.

En rentrant avec mon vélo, je me sentais un peu bizarre et inquiet. Cela m'était déjà arrivé dans le noir, avec le pont derrière moi. D'une certaine manière rien de bon n'en émanait, deux suicides l'année précédente, bien que ce ne fût pas dans le jardin de Ludwig. L'un s'était écrasé directement dans le fleuve, l'autre du côté droit du pont, là où se trouvait l'atelier des machines agricoles. Il avait traversé le toit de verre, le quatrième suicidé en douze ans. Le propriétaire de l'atelier avait dû être plutôt furieux. Et maintenant cette fille dans le pilier, qui avait pour ainsi dire donné vie au pont comme je le redoutais enfant. Cela traversa mon esprit et celui de Vera aussi bien sûr, Vera qui avait été si douce au toucher, ses cheveux, la peau de ses bras, ah oui, j'avais oublié de dire ça, mes mains avaient aussi parcouru ses bras, là où je pouvais sentir sa peau. Quelques secondes seulement, j'avais glissé lentement deux doigts sous la manche courte de sa robe pour avoir une idée de son épaule, juste une idée.

Je me suis demandé longtemps si je devais parler à Ludwig de cette rencontre dans l'atelier. C'est toujours tellement difficile entre frère et sœur, et Ludwig l'aurait peut-être tout simplement mal interprété. Il y avait une drôle d'ambiance ce jour-là. La nouvelle de la fille dans le pont, ça nous avait tous beaucoup préoccupés. J'étais sûr que Ludwig aurait finalement tout compris, malgré tout je ne dis rien. Je crois qu'en ce temps-là nous étions arrivés à un tel point dans notre projet de gémellité qu'il n'était pas nécessaire de perdre son temps en paroles superflues. Les choses les plus importantes, nous les devinions et les savions l'un de l'autre.

À propos, il s'avéra au bout de quelques jours que l'un des deux kidnappeurs était le père d'un camarade de classe. Je me rappelle encore le regard du garçon lorsque sa mère alla le chercher à l'école, le père déjà arrêté, la nouvelle se répandant comme une traînée de poudre si bien que chacun, assis ou debout sur les marches, savait. On s'attendait à ce que le garçon pleure, ou soit au moins rongé de remords, mais il nous regarda comme un roi en passant parmi nous. Sa mère pleurait.

Nous parlâmes longtemps de cette scène, chez le Grec, après l'école. Nous allions souvent là-bas parce qu'il y avait le meilleur flipper du coin. Space Patrol, il s'appelait, d'ailleurs, ils portaient tous des noms de ce genre, mais celui-là était vraiment le meilleur, avec les autres on n'avait pas un tel concert de sons galactiques et de lumières, ça clignotait, ça bipait, ça lançait des éclairs, ça pétaradait et tout et tout, on se croyait dans une vraie bataille de l'espace, et nous, on envoyait des boules dans la gueule de monstres interstellaires qui avaient dû tous jeter leur dévolu sur la blonde aux bottes montantes ; des bottes montantes, trois étoiles rouges aux endroits stratégiques, sinon rien. Et des seins, mais des seins... Nous prenions chacun un verre d'eau gazeuse, mais ne mangions jamais rien, raison pour laquelle le Grec avait toujours l'air contrarié en nous voyant. Mais comment aurions-nous pu manger des gyros, une moussaka ou du tzatziki ? Nous étions dans la catégorie poids légers, nous ne devions pas peser en moyenne plus de soixante-deux kilos et demi. Nous y parvenions sans mourir de faim, mais des plats gras, nous n'en mangions pas. Malheureusement, je pouvais tenir mon poids plus facilement que Ludwig, c'est un fait. Tandis qu'en hiver nous avions encore mangé et bu la même chose dans les mêmes quantités, Ludwig dut déjà se restreindre au début de l'été. Il prenait plus facilement du poids que moi. Nous jouions donc au flipper et parlions de notre camarade de classe, en fait Ludwig ne dit pas grand-chose cette fois-là. Moi, je m'emportais contre un tel manque de cœur et je suis sûr que les mots étaient inutiles pour Ludwig parce qu'il était entièrement d'accord avec moi.

Ludwig eut dix-huit ans en automne et moi seulement en hiver, nous n'avions donc pas encore le permis de conduire et ne pouvions aller seuls aux régates. Mon père nous y conduisait. Il nous avait déjà conduits à notre première régate quand nous avions douze ans. À l'époque nous étions dans un quatre sans barreur. La prochaine fois, ce sera au tour de mon père, disait Ludwig. Puis, juste avant la course, il téléphonait et racontait que son père avait malheureusement un empêchement, mais que sûr, il nous conduirait la prochaine fois. Ça continua ainsi un moment, Ludwig nous expliquait en long et en large pourquoi son père ne pouvait pas nous emmener cette fois-là. Un jour, il n'en parla plus. Je n'ai pas vu son père à une seule régate. Ce n'était pas un problème car le mien ne voulait pas manquer une course à laquelle je participais. À vrai dire, c'était parfois énervant de faire le voyage avec lui, surtout après son deuxième mariage avec une collègue du rayon jardinage des *Galeries chic* où lui-même travaillait comme assistant au rayon ustensiles de maison. Pendant les longs trajets en voiture, ils parlaient beaucoup du magasin et dans les moindres détails, si bien qu'après le voyage du retour nous étions imbattables sur les couverts et les Tupperware, ainsi que sur les gens qui vendaient et achetaient ces couverts et ces Tupperware. Mon pauvre père.

Je comprenais très bien que Ludwig cherchât une autre solution depuis quelque temps. Le vendredi d'avant la cinquième course de la saison, il me téléphona, cette fois-ci, nous n'irions pas avec mon père. Je devais venir chez lui à vélo dimanche matin. Ce ne fut pas très facile d'expliquer cela à mon père. Je restai vague et parlai à demi-mot, mais il n'insista pas, il annonça qu'il viendrait quand même. Je crois qu'il était très fier de moi. Nous avions battu les jumeaux de Potsdam aux quatre premières courses. C'était une saison importante pour nous parce qu'à la fin de l'été les championnats interrégionaux se disputaient sur notre lac.

Ce dimanche-là, j'allai au petit matin chez Ludwig. Il était déjà dans le jardin, la voiture de ses parents n'était pas là, comme bien souvent le week-end. Ils aimaient visiter des villes. T'as rêvé de quelque chose, demanda Ludwig. Non, et toi, demandai-je. Il secoua la tête. Ce que je dis là n'était, dans une certaine mesure, pas tout à fait correct, puisque j'avais rêvé que j'étais allongé sur le ventre à la plage, quelqu'un assis sur mes fesses me mettait du sable chaud en tas sur le dos, tandis que je regardais passer un banc de baleines. J'ignorai longtemps qui était assis là, mais lorsque je fus complètement recouvert de sable, un visage apparut près du mien et c'était celui de Vera.

Ludwig me conduisit à l'atelier où il y avait deux motos, l'une sans boîte de vitesses, l'autre était une Triumph couleur argent remise à neuf. Deux casques noirs et deux blousons de cuir noir étaient posés sur la selle. Ludwig se frotta les mains et son cou disparut. Ton père va nous jeter du pont, dis-je. Il sourit et enfila l'un des blousons. Nous nous aidâmes à attacher nos casques, ensuite nous poussâmes la moto sur la route, je vis Vera debout à la fenêtre. Ludwig appuya deux fois sur le starter. J'ai toujours aimé le bruit des vieilles motos, un gargouillis étouffé, presque une plainte, un cri de libération, quand elles tournent à vide en tout cas. Sinon ça faisait plutôt hystérique comme bruit. C'était une sensation merveilleuse de rouler ainsi avec Ludwig. Une moto, ça nous convenait, c'est un engin pour deux, on bouge en rythme, on se penche de concert en avant pour freiner, et en arrière pour accélérer, on se couche de côté dans les tournants à droite ou à gauche.

Ludwig démarra, gravit la colline avec prudence mais sans traînailler non plus, prit l'autoroute et passa sur le pont. Je criais de joie en regardant à droite et à gauche dans la vallée. Le soleil était bas, le fleuve avait des reflets de métal comme une étroite bande de papier alu. À l'aller, tout se passa bien. Nous gagnâmes de justesse contre les jumeaux de Potsdam. Au retour, la police nous arrêta. Ils furent soudain derrière nous, déclenchèrent brièvement les sirènes puis nous firent signe de nous arrêter. Ludwig se rangea à droite, s'arrêta et descendit immédiatement. Les policiers s'arrêtèrent quelques mètres derrière nous. Puis il arriva quelque chose qui, lorsque j'y repense, me donne encore la chair de poule.

J'étais également descendu, et insensiblement commença une sorte de ballet. Nous faisions de petits pas, nous rapprochions, puis nous éloignions à nouveau l'un de l'autre, faisions des tours et des détours, apparemment au hasard. Lorsque l'un des policiers nous rejoignit, c'était en tout cas moi qui étais à la place du conducteur. Nous portions le même casque et des blousons similaires, nous étions de la même taille, avions la même stature, et moi aussi, je suis blond. Je peux voir votre permis, s'il vous plaît. Je n'en ai pas, dis-je. Ce qui s'ensuivit, je ne veux pas le décrire dans le détail. Ce ne fut pas si difficile à supporter parce que nous partagions le fardeau. Ludwig dut subir la fureur de son père, je m'en sortis avec vingt heures de travail d'intérêt général. Je les fis dans une jardinerie municipale. Replanter des arbres, aérer la terre, ce n'était pas tant le travail physique qui me pesait que les gens avec qui je me trouvais, des gars des quatre coins du pays, qui étaient là pour coups et blessures, qui ne parlaient que de violence et qui se menaçaient les uns les autres avec les couteaux qu'on nous avait donnés pour tailler les pousses. C'était pénible, mais je surmontais bien l'épreuve, je savais que cela aurait été bien plus dur pour Ludwig. Parfois, il pouvait à peine se dominer, et alors les idiots, eh ben il les traitait d'idiots. Être direct, c'était une force de Ludwig, mais dans la pépinière, ça pouvait déclencher un combat à mort. Après avoir entendu des heures durant des histoires d'hémoglobine et de sombres menaces, il m'arrivait de penser que je sauvais peut-être à ce moment même la vie de Ludwig. Alors, ça allait mieux.

Les semaines qui suivirent notre virée à moto, il ne se passa plus grand-chose. Ce qui mérite ensuite d'être rapporté arriva un de ces soirs comme nous en passions beaucoup à l'époque. Nous mangions avec le père et Vera, la mère était du soir, je ne l'ai pas vue souvent. Nous nous taisions, on parlait peu dans cette famille. Et puis de la colère planait encore au-dessus de la table. Le père de Ludwig avait acheté une demi-douzaine de gros cadenas en U et cadenassé toutes les motos en état de marche. Aux frais de Ludwig. Après le repas, nous allâmes dans la chambre de Ludwig écouter la radio. Nous faisions souvent cela à cette époque. Pour payer les cadenas, Ludwig avait vendu sa télévision et sa chaîne stéréo, là-dessus, son père était intraitable. Depuis, trônait une vieille radio à tubes en bois sombre dans sa chambre. Le haut-parleur au milieu était recouvert d'un cannage d'osier clair, le cadran des fréquences renvoyait une lumière verte. Le plus chouette c'était le lourd bouton rond pour chercher les stations, il avait une telle inertie qu'en une seule impulsion il balayait toute la gamme des fréquences. Le son de la radio était étouffé, mais cela ne nous gênait pas, nous nous amusions tellement à balader l'aiguille rouge. Ainsi avions-nous testé beaucoup de stations et bientôt découvert nos deux émissions préférées. L'une était diffusée le samedi en début d'après-midi et proposait un test auto en direct. Deux hommes essayaient une nouvelle voiture et s'entretenaient de ses qualités et de ses défauts. Puis ils roulaient sur un tronçon dit de tôle ondulée et, chaque fois, nous étions morts de rire lorsqu'ils tentaient d'évaluer les qualités des amortisseurs tandis que la voiture les secouait violemment dans tous les sens. Leurs paroles n'étaient audibles que par moments et de manière hachée et, pour nous, ces deux vieux messieurs étaient les meilleurs rappeurs d'Allemagne. L'autre émission s'appelait « Racines, rock et reggae » et racontait chaque lundi soir l'histoire du reggae. Nous aimions cette musique, et parfois même, nous dansions. Ce n'est pas que je veuille le souligner chaque fois, mais cela aussi montrait bien ce à quoi nous étions parvenus. Danser, pour les garçons de notre âge, allait bien moins de soi que pour les filles, et c'est pour cela que ce fut un moment particulièrement heureux lorsqu'un soir, sans un mot et presque en même temps, nous nous sommes levés et avons dansé le reggae, chacun pour soi, mais ensemble tout de même.

Je partis après minuit, à la fin de l'émission. L'atelier était éclairé, ce qui n'était pas inhabituel, et je vérifiais toujours pourquoi la lumière brillait encore. J'avais sans doute pris cette habitude après la nuit où l'on avait découvert la fille dans le pilier. Chaque fois, je voyais le père de Ludwig penché sur une moto en train de serrer un boulon ou de poser un faisceau de câbles. Il avait une manière calme et lente de faire ces choses. Chez lui aussi il y avait une radio ou un petit transistor allumé, accroché à un câble qui pendait du plafond. Ça parlait tout le temps, je n'entendais jamais de musique. Mais il me revient maintenant un autre bruit encore que j'associe à cet atelier. C'était un bourdonnement qui venait des deux lampes halogènes, bien que je me rappelle moins le bourdonnement que le craquement et le bref grésillement des papillons qui venaient se brûler à ces lampes. En été, ils étaient constamment cernés d'insectes, et ça craquait et grésillait assez souvent. Plus les souvenirs me reviennent, plus distinctement j'entends les bruits de cet atelier, les voix à la radio, le bourdonnement, le craquement et le grésillement, et par-dessus un cliquetis lorsque le père de Ludwig tapotait un cylindre avec son tournevis. Souvent, il me tournait le dos, je poursuivais alors mon chemin sans un mot jusqu'au portail du jardin, où mon vélo était posé contre le grillage. S'il me voyait, il me saluait rapidement de la tête et se remettait à visser. Curieusement, il ne put jamais se défaire d'une certaine gêne envers moi.

Le jour auquel je pense, ce n'était pas le père de Ludwig qui était dans l'atelier, mais Vera. Elle était assise sur le tabouret et tenait le chat huileux sur ses genoux. Elle caressait sa tête. Je crois qu'il est malade, dit-elle. Je fis un pas dans l'atelier. Qu'a-t-il ? demandai-je. Elle haussa les épaules. Elle portait une robe bleu foncé à petites fleurs jaunes. Elle avait les cheveux courts, le visage étroit, le nez pointu. J'approchais et m'accroupis à côté d'elle. Je caressai le dos du chat, il ouvrit un instant les yeux. Je dus dire quelque chose comme pauvre chat. Son pelage était assez rêche, collé par l'huile. Il eut une toux courte et sèche. Ma main sur son dos, la main de Vera sur sa tête, il était inévitable que nos mains à un moment s'effleurassent. Un chat n'est pas si grand que ça. Je caressais le dos jusqu'au cou, elle la tête. Nos mains se frôlèrent quelques fois, mais furtivement.

Je ne sais plus exactement ce qui se passa après. C'est curieux comme précisément les choses devenues importantes pâlissent dans notre souvenir. Je ne sais plus par exemple ce qui s'est passé avec le chat, s'il a sauté des genoux de Vera, ou si elle l'a gentiment chassé. Tout est si confus. Ce qu'il y a de sûr, c'est qu'à un moment nous nous sommes retrouvés debout face à face dans l'atelier, tout près l'un de l'autre, en fait nous étions enlacés, et ma main, la droite je crois, était sur ses côtes, non, côtes ça fait peut-être bizarre, elle se trouvait sous son bras droit, c'est-à-dire de telle façon que l'extrémité de mon majeur devinait la naissance d'un creux, cette merveilleuse petite niche sous le bras, mais plus important encore pour ce que je veux raconter ici, c'est peut-être la position du pouce droit.

Mon majeur droit effleurait les poils sous son bras. Elle avait des poils courts, frisés et drus sous les bras. Si je pouvais les caresser, c'est que ma main était sous sa robe. J'avais ouvert la fermeture Éclair, une longue fermeture Éclair dans le dos, un son merveilleux. Ne l'ouvre pas, me répétai-je, ne l'ouvre pas, ne fais pas ça. Je l'ai ouverte. Véra se tenait là, immobile, les yeux fermés, elle ne portait pas de soutien-gorge. Donc mon pouce était déjà tout près de l'index lorsque ma main arriva sous son bras. Il s'éloigna, et s'aventura vers la gauche lentement, très très lentement. Si on fait cela très lentement, on sent les poils sur la peau, et on remarque qu'il y a des poils partout, même si on n'en voit pas. Je n'ai jamais rien senti d'aussi fin que ces petits poils sur la peau de Vera. Les autres doigts suivirent le pouce, la main entière suivit et le pouce sentit alors la naissance d'une rondeur. La peau y est tellement douce, il m'arrive encore maintenant de sentir dans ma main droite combien la peau de Vera est douce à cet endroit. Mais à l'époque je m'entendis répéter : Non, non, pas plus loin, là c'est fini, tu n'as pas le droit, mais la main ne se laisse pas freiner et continue son excursion le long de la rondeur, et il y a là un téton, aussi dur qu'une petite pierre, et le non s'y brise, vole en éclats, et je ne l'entendis plus lorsque ma main droite fut sur le sein de Vera. Elle inspira avec un léger sifflement, j'entendis un coléoptère grésiller.

Nous avons pris l'une des couvertures dont le père de Vera recouvrait le réservoir pour ne pas rayer la laque lorsqu'il travaillait sur un moteur. Nous sommes allés à l'extrémité du terrain, à la lisière du bois. Ce n'était pas comme avec Joséphine, nous nous sommes déshabillés, chacun pour soi et détournés l'un de l'autre. Lorsque je me tournai, elle était à genoux sur la couverture, les mains croisées devant elle. Elle ne voulait pas que je la touche. Elle s'assit sur moi, elle prit mon sexe, mais n'en fit pénétrer que l'extrémité en elle, et pendant un moment elle remua au-dessus de moi, puis elle prit un centimètre de plus et se remit à bouger un moment, et moi, j'étais couché là, je la regardais, sentais l'huile de moteur émanant de la couverture, et j'attendais le centimètre suivant. Lorsque je fus complètement en elle, elle se figea soudain, tout devint calme, très calme, puis je vis ses cuisses trembler, plus de bruits, juste ce tremblement avant qu'elle ne retombe sur moi, et ne me morde dans le cou. Je criai, et aujourd'hui encore, je ne sais toujours pas, bien que j'aie souvent essayé de m'en souvenir, si au même instant un camion passa sur le pont en grondant et avala mon cri, ou si ce cri, s'entendit jusqu'au bout de la nuit.

Ensuite elle se coucha près de moi. C'était une nuit chaude. Nous levâmes les yeux vers le pont, nous entendions les sifflements et les vrombissements, et voyions les phares des voitures. Nous n'avons pas dit grand-chose, peut-être même rien du tout.

4

Au milieu de l'été, nous nous lançâmes dans une grande entreprise. Rendant un jour visite à Ludwig, je le rencontrai, à ma grande surprise, dans l'atelier. Il n'y était jamais d'habitude, et voilà que je le retrouvais dans un coin, penché sur une moto, une Triumph T 20 Tiger Club d'un rouge clair, l'une des plus vieilles machines de l'atelier, modèle 1959, rouillée, le revêtement éventré, les câbles effilochés, incapable de rouler à cause d'un piston endommagé. Le propriétaire l'avait apportée des années auparavant pour réparation à l'atelier et n'avait plus jamais réapparu. On disait qu'il avait fui une paternité, on disait aussi qu'il était passé sous un bus.

Ludwig démontait le garde-boue avant. Je m'approchai et le regardai s'obstiner avec la clé. Une vis était grippée, il dérapait sans cesse. Je voyais à son visage qu'il était dessus depuis un moment. Je savais qu'il n'avait pas demandé à son père comment dévisser une vis rouillée bien qu'il fût dans l'atelier. Il tenait un masque en plastique sombre avec une petite fenêtre devant le visage et soudait un châssis. Lorsqu'il eut fini de souder, j'allai vers lui et lui demandai comment extraire une vis rouillée. Il alla chercher une boîte de conserve jaune avec une burette rouge, c'était un produit antirouille, ça agissait en une demi-heure. Il ne me regarda pas. Je pris la boîte en fer, allai vers la moto et aspergeai toutes les vis rouillées. Nous passâmes l'après-midi à démonter la Triumph. Ludwig ne dit pas qu'il avait commencé à réparer cette moto pour que nous en ayons une lorsque, lui en automne et moi en hiver, nous aurions dix-huit ans. C'était clair. C'était une idée formidable.

Nous passions dorénavant beaucoup de temps dans l'atelier. Tout en vissant, nous pensions à ce que nous allions faire après le bac. Nous cherchions un métier, mais un que nous pourrions exercer en même temps naturellement, ce n'était pas facile de trouver quelque chose qui nous plaise. La fac, c'est barbant, dit Ludwig tandis que nous retirions la culasse du cylindre. Il avait tout à fait raison naturellement. Passer à nouveau plusieurs années dans des amphis qui sentaient le moisi, tandis que le temps dehors nous passait sous le nez, ce n'était pas pour nous. Nous avons donc continué à chercher jusqu'à ce que Ludwig s'exclame, construisons une tour en Asie ! Je sus aussitôt ce qu'il voulait dire. Il y avait à l'époque beaucoup de reportages montrant comment se faire beaucoup d'argent dans l'immobilier en Asie, même pour des jeunes gens. Rien d'étonnant donc, que nous aussi tentions notre chance, et à peine avait-il parlé que nous élucubrions déjà notre projet, bien qu'élucubrer ne soit pas le mot juste car nous prenions ces choses-là au sérieux. Nous fûmes bientôt absolument sûrs de construire cette tour. Nous cherchâmes soigneusement l'endroit, rejetâmes Séoul et Manille, pensâmes longtemps à Saigon et nous mîmes finalement d'accord pour Hanoi, Hanoi n'était pas encore trop exploité, ça avait de l'avenir. Il était clair que notre tour serait la plus grande du monde, elle ferait donc au moins quatre cent cinquante mètres de haut, elle devrait être ronde et rétrécir comme une cheminée. Nous la voulions en briques rouge sombre, avec des fenêtres antiréfléchissantes, pas des grandes, mais beaucoup, un beau bâtiment classique avec des bureaux et des appartements. Ludwig peignit la tour avec de l'huile usée sur un journal que nous accrochâmes dans notre coin de l'atelier. C'était fantastique de parler ainsi de notre tour, tandis que nous montions des rayons sur la jante ou que nous triions les engrenages de la boîte de vitesses. Jusque tard le soir, nous restions dans l'atelier, entendions les hannetons et les moustiques se griller aux halogènes et bavardions, bavardions. L'étage supérieur devait naturellement nous appartenir, un immense loft avec bureau à quatre cent cinquante mètres au-dessus d'Hanoi, au-dessus du monde, les plus belles secrétaires que l'on puisse imaginer, dis-je, du haut d'une tour comme celle-là, tout est possible, dit Ludwig. Nous passâmes beaucoup de temps à chercher un moteur pour notre ascenseur, il devait être rapide naturellement, rapide comme l'éclair, le plus rapide du monde. Nous imaginions des tuyères, des fusées, c'était génial. Cela nous paraissait facile de trouver l'argent pour la construction, on n'avait pas besoin de beaucoup à Hanoi. Il y avait des actions, Internet, mille possibilités et pour le reste, il y avait des banques. D'autres avaient réussi. Et nous, nous étions deux, nous étions jumeaux, ensemble nous pouvions tout réussir.

Malheureusement, je dois dire que l'humeur de Ludwig se dégrada au fil de l'été, et même lorsqu'il entreprit de réparer la moto, il était déjà un peu maussade et inhabituellement taciturne. Seulement pendant les heures où nous construisions notre tour en Asie, il se montrait à peu près de bonne humeur. Si le thème était épuisé, si nous nous étions mis d'accord par exemple sur les agents de change, les agences de mode et les pourvoyeurs de mercenaires comme étant les meilleurs locataires, il se remettait à cogiter. Je commençai à me faire du souci pour Ludwig. Il était évident qu'il lui était de plus en plus difficile de maintenir notre poids idéal. Il mangeait au maximum les deux tiers de ce que je mangeais et devait vivre avec une permanente sensation de faim. Je crois que c'était la raison principale de son changement d'humeur. Ne jamais manger à sa faim, ça peut vous déglinguer quelqu'un, j'en ai d'ailleurs fait l'expérience moi-même par la suite. Manger peu, s'entraîner beaucoup, c'est vraisemblablement cette combinaison qui affectait son humeur. Nous n'allions plus chez le Grec. Avec la bouffe de merde de ce Grec, rien que l'odeur fait grossir, avait dit Ludwig.

Cela nous étonna de perdre la régate dans la ville voisine. Au sprint, les jumeaux de Potsdam nous doublèrent et nous battirent d'une demi-longueur. Nous renforçâmes l'entraînement.

S'entraîner et visser furent nos activités cet été-là. Cela représentait beaucoup de travail de remettre la vieille Triumph sur ses roues. Nous passions des heures entières à enlever la rouille de la laque avec des brosses en fer. Nous apportions des morceaux à laquer, à chromer, à matelasser. Nous achetions de nouveaux pistons, de nouveaux cylindres. J'allais souvent demander au père de Ludwig comment faire ceci ou cela. Il dispensait toujours volontiers ses conseils, parfois un peu trop en détail, mais il ne touchait jamais à notre travail, il n'approchait jamais notre moto, c'était comme si un trait à la craie séparait notre coin du reste de l'atelier, et il savait qu'il n'avait pas le droit de le franchir.

Je me souviens d'une fois, nous étions assis dans l'herbe à enlever la rouille des manettes de freins et d'embrayage. Ludwig s'interrompit soudain, examina les manettes et dit : n'est-ce pas étrange qu'une vie puisse tenir à la bonne utilisation d'une stupide poignée comme ça ? Tu serres au mauvais moment ou bien tu ne serres pas, et boum ! Ça fait drôle, tu ne trouves pas ? Il se remit à poncer. Il avait raison bien sûr, et dès qu'il eut parlé, cette pensée me parut aussi évidente que si je l'avais eue au même moment. C'était normal pour nous.

Ludwig, si j'ose dire, était un peu collant à cette époque. Nous passions déjà ensemble tous les moments où nous ne dormions pas, mais il m'arrivait encore de rentrer chez moi après l'école et de manger avec ma mère qui était très seule. Je crois que c'est peu de temps après notre défaite que Ludwig me demanda si c'était vraiment nécessaire, si cela n'interrompait pas, n'empêchait pas notre gémellité croissante. J'y avais déjà pensé moi aussi, et en étais arrivé à la même conclusion. En plus, ce n'était pas franchement agréable de manger avec ma mère parce que, de toute façon, elle finissait toujours par parler de mon père, sans colère d'ailleurs, elle parlait juste comme s'il était attendu au plus tard pour le dîner, attendu avec joie. Cela m'était à peine supportable, voilà pourquoi il valait sûrement mieux renoncer à ces tête-à-tête. Toutefois, elle insista pour que je dorme à la maison les soirs de semaine. Tant que tu n'as pas dix-huit ans, dit-elle. Ludwig fut mécontent lorsque je le lui annonçai. Il avait proposé d'installer un deuxième lit dans sa chambre, une bonne proposition, qui allait de soi. Cela aurait sûrement été merveilleux, juste avant de s'endormir, de parler de notre tour en Asie, la fatigue approchant, juste avant l'emprise du rêve, lorsqu'il paraît si simple de s'enflammer. Nous avions décidé de lui ajouter quand même cinquante mètres, afin qu'il ne soit pas trop facile aux autres de nous damer le pion. Au-dessus devait flotter notre drapeau.

Nous avancions bien notre travail sur la Triumph. Nous avions racheté ou remis en état presque tous les éléments et nous commencions maintenant à tout remonter. C'était une sensation prodigieuse d'installer et de fixer un moteur étincelant dans un châssis frais laqué. Avec le temps, nous étions devenus de bons mécaniciens et n'avions presque plus besoin des conseils du père de Ludwig. Quand Vera venait dans l'atelier, nous nous adressions juste un petit salut de la tête. Elle restait devant, avec son père, et le regardait travailler.

Ludwig se couchait généralement vers minuit, après qu'on eut encore écouté la radio un moment. Si j'étais sûr que son père n'était plus dans l'atelier, je sortais de la maison et comme je m'y attendais, je voyais la lumière. Après que nous eûmes fait l'amour pour la première fois, Vera m'attendit souvent, toutes les nuits en fait, si j'y réfléchis bien. Dès qu'elle me voyait, elle me prenait par le bras, m'embrassait sur les lèvres. Moi, je n'étais pas trop d'accord, l'atelier était une pièce que je partageais avec Ludwig, mais je la laissais faire. Nous ne disions rien jusqu'à ce que nous ayons fait l'amour. Après non plus je ne disais pas grand-chose, mais elle parlait beaucoup. Parfois, le chat venait, s'asseyait à quelques mètres de nous dans l'herbe et nous regardait. Les chats assis peuvent avoir quelque chose de très sévère. Ils sont si droits, si immobiles. Chez les chats assis, on peut facilement voir un reproche. Ce n'était pas si facile de faire abstraction d'Otto, ne pas le regarder, par exemple, ne servait à rien car le vent envoyait parfois un effluve d'huile vers nous. La couverture, elle, ne sentait plus, Vera l'avait lavée.

J'avais l'impression que Vera était plus grande chaque fois, elle grandissait encore. Elle voulait être grande, mais en réalité, elle attendait que ses seins s'arrondissent, parfois, ça arrive tard, disait-elle en prenant, avec un léger mouvement de rotation de la main, son sein droit, puis le gauche. Tu trouves qu'ils ont poussé, me demandait-elle. Je crois bien, disais-je. Touche, disait-elle. Je posais ma main sur son sein droit, sur le gauche. Oui, un peu, disais-je. Tu mens, disait-elle. S'ils ne poussent plus, ce n'est pas très grave après tout. Le principal, c'est qu'ils soient bien formés. Oui, disais-je. Tu trouves qu'ils sont bien formés, demandait-elle. Très bien, disais-je, et c'était vrai. Ils étaient presque parfaitement ronds. Ils n'étaient pas très bien adaptés pour mettre sa tête au milieu, mais ils étaient agréables au toucher, durs et tendres à la fois. En plus, j'aimais son grain de beauté. S'ils poussent encore, j'aurai une silhouette de rêve, disait Vera, de longues jambes et de gros seins, c'est rare. Tu as déjà une silhouette de rêve, disais-je. C'est vrai, disait-elle. Et puis ça ne fait rien, tu sais quoi, moi aussi, je veux aller dans votre tour en Asie. C'était toujours comme ça avec elle. Lorsque nous avions fait l'amour, elle ne restait pas longtemps silencieuse sur la couverture, elle pensait à quelque chose et se mettait à parler avec volubilité, mais je ne pouvais pas me contenter de l'écouter, elle posait aussi un tas de questions.

Elle fait combien de mètres maintenant, demanda-t-elle. Cinq cents, dis-je. C'est combien de plus que le pont, demanda-t-elle. Je ne sais pas, dis-je. Nous levâmes tous les deux les yeux vers le pont. J'aimais cela, ces lueurs blanches des phares, ces bandes de lumière qui défilaient. Peut-être huit fois plus, dis-je. Je veux l'étage sous le vôtre, dit-elle, donc le plus haut après le vôtre bien sûr, les gars doivent habiter tout en haut, c'est clair. Elle pouvait être assez caustique. Mais tu sais, dit-elle, je trouve la tour trop sombre, des briques rouges, pas de grandes fenêtres. Pourquoi vous la faites si sombre ? Je ne sais pas, dis-je, elle nous plaît comme ça. Ouais, peut-être que je ferai une bande à mon étage, une bande jaune. Quelle longueur faudra-t-il qu'elle ait ? Je ne sais pas, dis-je. Je ne voulais pas de bande autour de notre tour en Asie. Je vais aménager mon étage super bien, dit-elle, pas de murs, pas un mur, même pas aux toilettes, et très peu de meubles, un lit et une armoire, une table et une chaise, ça suffit, mais beaucoup de fleurs et de plantes. Y a des plantes grimpantes à Hanoi, demanda-t-elle. Ou du lierre ? Le lierre, ce serait chouette. Nous laisserons toute la tour se couvrir de lierre, comme ça, elle n'aura plus cet air sinistre. J'aimerais bien des tortues, dit-elle, beaucoup, elles se promèneront librement entre les fleurs et les plantes, qu'est-ce que tu en penses ? Pourquoi des tortues, demandai-je. Elle s'assit sur moi. Elles sont si lentes, dit-elle. Tu viendras me voir à mon étage, demanda-t-elle, après que ses cuisses eurent tremblé.

Je n'aimais pas ce genre de questions. La tour en Asie était une histoire entre Ludwig et moi. Je n'avais rien contre le fait que Vera en rêve aussi, c'était même plutôt chouette, de l'imaginer vivre avec ses plantes et ses tortues presque cinq cents mètres au-dessus du monde. Mais je ne voulais pas qu'elle parle de la tour et de moi en même temps. Je n'arrive plus à me rappeler ce que j'ai répondu, rien vraisemblablement. Quant à elle, je crois qu'elle n'insista pas parce que je l'ai attirée vers moi et que j'ai embrassé ses seins. Peut-être m'a-t-elle aussi mordu. Elle n'a jamais pu s'empêcher de me mordre, juste au moment où je reprenais mon souffle, et je suis rarement parvenu à étouffer complètement un cri. Parfois il était avalé par un camion, parfois non.

J'avais dû mettre quelques petites choses au clair avec Vera. Après avoir couché avec elle pour la première fois, cela avait évidemment fait bizarre de la voir le jour suivant à l'école, d'autant plus que j'étais avec Ludwig. Nous nous étions salués de la tête, comme nous l'avions toujours fait. J'étais content, une fois ce moment passé comme si de rien n'était. Je fus d'autant plus agacé lorsque, à la seconde pause, la pulpeuse Flavia, la meilleure copine de Vera, me tendit un petit mot. Ludwig n'était pas dans les parages. *Maybe kiss* ? lisait-on d'un côté, Dans la salle de physique, de l'autre. Je n'y allai pas. Je ne voulais pas que cela se passe ainsi. C'est qu'il fallait bien faire la différence, là. Je crois que je parvins à le lui faire comprendre clairement. Nous ne nous rencontrions que la nuit, lorsque le temps que je passais avec elle n'était pas au détriment de celui passé avec Ludwig mais au détriment de mon sommeil. Je crois que là-dessus, on ne pouvait rien me reprocher.

Vera m'a souvent déconcerté. L'une de nos nuits par exemple, tandis qu'elle parlait un peu de son amie Flavia, elle me dit, avec Flavia c'est très bien aussi. Quoi, demandai-je. Vera me donna un tendre baiser sur les lèvres. Il commença à pleuvoir. Nous n'avions pas vu de nuages, c'était une nuit sans lune, et voilà qu'il commençait soudain à pleuvoir. Nous nous habillâmes en vitesse, je lui donnai un baiser, et nous nous séparâmes. Sur le chemin du retour, de plus en plus trempé, je réfléchis longuement à la phrase de Vera et à son baiser. Cela ne signifiait-il pas qu'elle couchait aussi avec Flavia, et ça, franchement, j'avais du mal à me l'imaginer. Vera et la pulpeuse Flavia au lit. Je savais que d'une certaine manière ce genre de choses était plus normal entre filles qu'entre nous, mais la fois suivante avec Vera fut quand même bizarre parce que je ne la voyais pas avec moi, mais avec Flavia. Cependant, je ne dirais pas que c'était une idée vraiment désagréable, juste un peu bizarre. Par la suite, je lui demandai si elle se retrouvait vraiment au lit avec Flavia comme avec moi. Avec toi, répondit-elle, je ne me retrouve pas au lit, toi, je te retrouve sur une couverture sous un pont. Décidément, elle pouvait être assez caustique. Et puis ça n'avait pas d'importance, de toute façon, Flavia m'était sortie de l'esprit, c'est à peine si je repensais parfois à tout cela.

Hélas, il se produisit un jour une scène affreuse dont je ne parle pas très volontiers, mais elle fait partie de cet été-là, je dois la raconter. Ludwig et moi nous étions entraînés très durement, nous étions si courbaturés que nous avions pris le bateau de la Flotte blanche pour le retour. En silence, assis au premier rang, nous nous laissions rafraîchir par le vent, c'est agréable d'ailleurs, d'être épuisés au même moment. Enfin, arrivés à la maison, nous allâmes directement dans l'atelier où nous vîmes quelque chose que nous n'avions encore jamais vu : Vera était assise sur notre Triumph et tournait la poignée d'accélérateur, qui d'ailleurs n'était même pas encore reliée au carburateur. Le souvenir de ce qui s'ensuivit me fait encore frémir parce que je vis un être cher ne plus se contrôler. Ludwig traversa l'atelier en trombe, prit sa sœur par les épaules et l'arracha de la Tiger Club. La moto tomba sur Vera pour qui ce fut cependant une chance car elle fut ainsi à moitié protégée des coups de poing et – ça aussi je dois le dire – des coups de pied de son frère. Ce fut seulement avec l'aide de son père, qui décalaminait un pot d'échappement, que je parvins à séparer Ludwig de sa sœur. Je l'entraînai dehors, et sur l'herbe devant l'atelier, il me sauta dessus, nous nous sommes battus une éternité sans que l'un de nous ait le dessus. Finalement nous abandonnâmes, épuisés au même moment. Nous nous sommes vite réconciliés, et la durée, la brutalité de notre combat, comme le fait que les forces nous abandonnèrent exactement au même moment, tout cela nous prouva une nouvelle fois à quel point nous étions parvenus à nous ressembler. Je crois aussi ne pas me tromper sur le sens de l'agression de Ludwig contre Vera si je dis qu'entre frère et sœur, il y a souvent des tensions qui s'accumulent, et qui un jour se libèrent brutalement. C'est tout à fait normal, c'est pour ça qu'un événement comme celui-là a l'air plus grave au premier abord qu'il ne l'est en réalité.

Plus l'été avançait, plus le silence s'installait entre Ludwig et moi. L'assemblage de la moto réclamait beaucoup de concentration. Par ailleurs Ludwig n'allait vraiment pas bien. Si quelqu'un parlait, c'était moi. Si quelqu'un vissait, c'était moi. Ludwig était assis le plus souvent en tailleur à côté de notre Triumph et me regardait faire. Si je me tournais vers lui, je voyais qu'il ne regardait pas mes mains qui vissaient, limaient ou donnaient des coups de marteau, mais mon visage. Son unique phrase qui me revient de cette époque fut une phrase très juste, très belle. Une moto, dit Ludwig, c'est comme un deux sans, deux vies, un destin. C'est d'ailleurs pour cela que ça nous convient bien, ajoutai-je, presque ému si ma mémoire ne me trompe pas.

Le jour où je posai le tuyau d'échappement et le coude, nous n'avions pas échangé une parole depuis plus d'une heure lorsqu'il me revint que nous n'avions plus évoqué notre tour en Asie depuis longtemps, et pour ne pas perdre le projet de vue, je proposai d'ajouter un garage en sous-sol, le garage en sous-sol le plus en sous-sol du monde. Je savais que Ludwig prenait beaucoup de plaisir à ce genre de choses, et il me semblait franchement maussade ces derniers temps, il avait besoin de quelque chose pour le requinquer. Je tâchais donc de raccorder le coude au pot d'échappement, ce qui était coton parce que les éléments n'allaient pas bien ensemble, tout en racontant que notre garage souterrain devrait avoir quarante étages parce que beaucoup de gens viendraient vivre et travailler dans la plus haute tour du monde. Je calculais devant lui, quarante étages, ça faisait au minimum cent quarante mètres de profondeur, il ne restait donc qu'un gigantesque trou à creuser. En fait, ce que je préférais, c'était l'idée de rouler de tout en bas à tout en haut ; déjà ça me plaisait dans les garages normaux, ces serpentins qui relient les étages. Ça faisait une agréable sensation dans le ventre, de monter ou de descendre. Je crois que je racontais justement comment on remonterait du niveau le plus bas avec notre Triumph, à toute allure naturellement, lorsque Ludwig m'interrompit soudain. Arrête de me bassiner avec cette putain de tour à Chinois. Sur le coup, je fus un peu blessé, puis il me parut rapidement évident qu'il avait raison, l'idée d'une tour en Asie était peut-être effectivement trop puérile pour notre âge. Il aurait pu le dire un peu plus gentiment, mais il faut bien avoir en tête qu'à cette époque-là il ne mangeait presque plus. La plupart du temps et malgré son régime, juste avant les régates il pesait encore un ou deux kilos de plus que moi, et devait faire fondre tout ça : une course avec deux survêtements l'un par-dessus l'autre, puis le sauna. Nous gagnâmes une régate, nous perdîmes la suivante. Enfin il ne resta plus que trois semaines jusqu'aux tournois régionaux sur notre lac. Nous n'avons plus parlé de la tour en Asie. Seule Vera abordait parfois le sujet, elle parlait de ses plantes et de ses tortues et voulait tantôt une bande jaune, tantôt une bande verte. Je ne disais rien. Si je me souviens bien, j'étais moi-même assez fermé et grincheux ces jours-là.

Celle qui en souffrait le plus, c'était ma pauvre mère. Elle ne me voyait plus que pour le petit déjeuner parce qu'elle était couchée depuis longtemps lorsque je rentrais de nuit. Depuis quelque temps, elle ronflait un peu, je le savais parce qu'elle laissait la porte de sa chambre toujours entrouverte. Elle ne dormait que d'un œil tant que je n'étais pas rentré. Je me fais toujours du mauvais sang, dit-elle plus d'une fois pendant le petit déjeuner, et j'entendais bien le reproche. Je ne disais rien, d'ailleurs je ne me rappelle pas avoir dit une seule parole à ma mère à cette époque. Peut-être n'ai-je effectivement jamais rien dit. Elle travaillait de nouveau aux *Galeries chic*, mais au rayon mode féminine, plus au rayon jardinage. Elle voyait souvent mon père et sa copine à la cantine, parfois ils prenaient le café ensemble. Moi, ça m'énervait. Presque tout ce que me disait ma mère m'énervait. Ça commençait dès le matin quand j'entendais ce Johann lève-toi, prononcé vraiment gentiment, tandis que sa main caressait ma joue.

Une fois, je la vis en pleine nuit. Il devait être trois heures, je n'avais pas dormi longtemps à cause de Vera, le téléphone venait de me réveiller. Je sautai du lit car cela ne pouvait être que Ludwig, et c'était bien lui. Il lui était déjà arrivé d'appeler la nuit parce qu'une nouvelle idée lui était venue qu'il ne pouvait absolument pas garder pour lui, par exemple, qu'on pouvait aussi bien construire notre tour en Asie à Rangoon, la capitale de la Birmanie, au lieu d'Hanoi. Mais cela remontait déjà à loin.

C'était Ludwig. Johann, dit-il, habille-toi et viens tout de suite. Il avait une voix tout à fait claire. Il est arrivé quelque chose, demandai-je, mais c'était une question idiote, parce que j'entendais bien qu'il ne s'était rien passé de grave. Il me semblait même entendre de l'enthousiasme dans sa voix. À ce moment-là, ma mère arriva de sa chambre. Son regard m'interrogeait, il est arrivé quelque chose ? Elle portait un pyjama à rayures, ses cheveux étaient si rares que je me demandai si elle portait une perruque la journée. Elle me fit pitié à ce moment-là. Peut-être me fis-je aussi pitié, je ne sais plus exactement. Je ne voulais pas avoir une mère vieille, et à ce moment-là, je sus que j'avais une mère vieille. C'était nouveau, que l'âge de nos parents compte. Nous ne nous en étions jamais préoccupés, et voilà que du jour au lendemain nous commencions à parler de l'âge de nos parents à l'école. Celui qui avait des parents jeunes devenait soudain quelqu'un, peut-être parce que nous supposions que des parents jeunes étaient comme des amis ou nous faisaient simplement moins honte. Nous étions à un âge où les parents nous faisaient presque toujours honte. Par exemple quand quelqu'un faisait une fête, on pouvait être sûr que ses parents allaient bientôt rappliquer pour danser. Ils dansaient alors comme personne d'autre ne dansait et ne remarquaient pas qu'ils faisaient honte à voir. J'en ai vu des parents danser à des fêtes et je connais le visage des enfants de parents qui dansent. C'était moche, surtout quand c'étaient des parents vieux. Ma mère m'a épargné cela, mais elle avait très peu de cheveux, comme je pus le voir cette nuit-là. Je résolus de ne plus me laisser voir avec elle. Nous étions parfois joliment cruels.

Je tâchais de la rassurer du regard et du geste tandis que Ludwig essayait de me persuader. OK, dis-je et raccrochai. C'était Ludwig, dis-je à ma mère, il vient d'avoir une nouvelle idée. À trois heures du matin, demanda-t-elle. C'est bon, maman, dis-je, retourne au lit. N'est-ce pas étrange, de commencer un jour à envoyer ses parents au lit ? Et n'est-ce pas plus étrange encore qu'ils le fassent ? Ma mère alla aux toilettes, puis au lit. Je m'habillai et attendis dans ma chambre jusqu'à entendre son léger ronflement.

Ludwig m'attendait près de la porte du jardin. Cela faisait longtemps qu'il n'avait pas été aussi bien, je le vis aussitôt. Il prit mon vélo et le poussa jusqu'au terrain. Enfin, enfin, dit-il. Mais qu'est-ce qui se passe ? demandai-je. Il me conduisit jusqu'à l'autre extrémité du terrain, il trottait presque. Je vis qu'à la lisière du bois quelqu'un était couché. Je m'arrêtai. Vera, pensai-je. C'était de toute évidence un corps humain, mais il ne bougeait pas. Ludwig, dis-je, qu'est-ce que c'est, qui est-ce ? J'allais presque demander, qu'as-tu fait, mais je me dis aussitôt qu'il ne ferait pas une chose pareille. Il était mon frère. Viens, dit-il, approche. Qui est-ce, demandai-je. Je ne sais pas, dit Ludwig. Est-elle... est-il mort, demandai-je. Mort, oui, bien mort, viens donc. Je fis deux pas vers le corps. C'était un homme, cheveux courts, plus petit que nous. Il n'était pas vraiment allongé, plutôt recroquevillé, le visage vers le sol. Une jambe était pliée, l'autre tendue, le derrière un peu surélevé, le dos décrivait une courbe, plus prononcée qu'il semblait possible de l'être. Il a sauté il y a une demi-heure, j'ai entendu le choc, je suis sorti immédiatement, les autres dorment. Es-tu sûr qu'il est mort, demandai-je. Quand on saute de là-haut, on est mort, dit-il. Je regardai en l'air. Des bandes de lumière défilaient à toute allure. As-tu appelé la police ?

demandai-je. Regarde comme il est bizarrement couché, dit Ludwig. Il avança jusqu'à être à un pas du cadavre. Pendant un moment personne ne dit rien, une voiture vers l'ouest, une voiture vers l'est. Viens, on s'assoit ici, dit Ludwig. Il s'assit en tailleur, le visage tourné vers le cadavre. Il se pencha, mit ses coudes sur les cuisses, le menton dans les mains. Comment peut-il bien s'appeler ? Je ne sais pas, dis-je. Allez, assieds-toi. Je m'accroupis derrière lui, sur les talons. Tu crois que nous avons intérêt à traîner là, quand la police arrivera ? Pourquoi a-t-il bien pu sauter ? demanda Ludwig. Peut-être que sa copine l'a quitté, ou que sa vie était trop morne, peut-être qu'il était condamné, dit-il. Condamné, imagine-toi, si quelqu'un te dit que tu es condamné, que bientôt tout va faire mal, chaise roulante et tout le bordel. Un camion passa sur le pont. Quoique, il n'a pas l'air malade, dit Ludwig. Elle arrive quand, la police ? demandai-je. La police ne comprend rien à tout ça, dit Ludwig. Tu n'as pas appelé, dis-je. Je t'ai appelé, dit-il. Un silence. Un instant je crus que le mort avait bougé, mais c'était impossible, naturellement. N'est-ce pas étonnant, la manière dont il est couché là, dit Ludwig, inerte, immobile, as-tu déjà vu quelqu'un d'immobile comme ça ? Moi pas, dit-il. Même quand on dort on bouge un peu, on respire, on ronfle, mais lui, là, c'est vraiment le calme plat. Appelle la police, s'il te plaît, dis-je. Maintenant écoute, dit-il, j'ai attendu une éternité, et voilà qu'enfin il arrive quelque chose, quelque chose de grand, la mort, c'est quelque chose, tu le sais ça. Un mort peut nous en dire des choses, et ça, je ne me le laisserai pas gâcher par la police. La police ne comprend rien. Le mort nous appartient, à nous seuls, à toi et à moi. Nous reviendrons souvent nous asseoir ici, et tout ira bien. C'est à peu près comme cela que parla Ludwig, je crois. Il était accroupi en face de moi, ses mains sur mes épaules. Il avait une poigne très ferme. J'acquiesçai de la tête. Sa main droite me donna une tape sur l'épaule. Puis il se leva. OK, dit-il, rentre à la maison maintenant, j'ai encore quelques préparatifs à faire. Je me levai, observai encore une fois le mort. Je remarquai qu'il portait une culotte courte. Tiens, pourquoi quelqu'un porte-t-il une culotte courte, me demandai-je. Je ne voyais pas son visage, mais il n'avait pas l'air d'un enfant, il était trop grand. Puis, je m'en allai. À la porte du jardin je me tournai encore une fois et vis Ludwig traîner le mort sous les arbres.

Le lendemain matin à l'école, nous ne parlâmes pas du mort. Mais je crois que nous étions tous les deux assez tendus, cette tension nous unissait comme jamais rien ne nous avait unis auparavant. Nous étions maintenant les gardiens d'un secret, mais pas d'un secret comme ceux que gardent les gens de notre âge en se donnant des airs, il faut bien le dire. Nous partagions un véritable secret, nous avions connaissance d'une monstruosité, un mort dans la forêt, un mort en culotte courte, et alors là, notre professeur de politique pouvait toujours s'emberlificoter en nous expliquant les jeux de pouvoir dans les Balkans, on s'en fichait pas mal. Nous nous jetions des coups d'œil en souriant. L'après-midi, nous avons fait une course d'endurance en aviron, puis nous avons passé beaucoup de temps sur notre Triumph à poser le vilebrequin.

Le soir nous avons écouté la radio. Après onze heures, Ludwig alla écouter plusieurs fois à la porte parce qu'il voulait savoir quand son père irait enfin se coucher. Après minuit nous descendîmes à pas de loup les escaliers. Je craignais que Vera ne m'attende dans l'atelier, et effectivement la lumière était allumée. Ludwig ne le vit pas ou le vit et pensa que son père bricolait toujours. Nous allâmes à la lisière du bois, et Ludwig sortit le mort des fourrés. Pour la première fois, je vis son visage. Il était large, le nez disons rond, il lui manquait quelques dents. Ses cheveux couvraient ses oreilles et étaient étrangement bien coiffés. Je me demandai si Ludwig l'avait peigné hier.

Cette nuit-là, nous restâmes jusqu'à l'aube près de notre mort. Mais que l'on ne se fasse pas de fausses idées. Nous n'étions pas d'humeur solennelle, au début peut-être, lorsque Ludwig parla à nouveau de notre amitié et de la similitude à laquelle nous étions parvenus, et que le mort nous disait combien il est important de se tenir les coudes. Nous étions jumeaux, et puis il y avait eu ce mort, mais cela ne changerait rien, tout au plus nous unirait-il plus étroitement parce que nous le partagions, et ce que l'on partage unit, tandis que ce que chacun veut garder pour soi sépare. Cela continua ainsi la première demi-heure, j'étais toujours assis, un peu tendu, à côté du mort à la culotte courte, enfin pas directement à côté, plutôt à un ou deux mètres, en tailleur comme Ludwig. Je trouvais qu'il avait bien parlé. Puis l'atmosphère changea. Cela peut paraître bizarre à certains mais nous fûmes bientôt gais, joyeux même, nous devions nous rappeler à l'ordre pour ne pas pouffer de rire. Cela commença lorsque, après une petite pause, Ludwig demanda pourquoi le mort portait une culotte courte. Ça l'avait frappé exactement comme moi. Nous pensions toujours aux mêmes choses, même si c'étaient apparemment des broutilles. Le mort portait une culotte courte de velours côtelé clair, il portait même une ceinture. Il n'était pas si facile d'en trouver la raison, il n'y a pas de raison de porter une culotte courte, la chaleur seule n'en est certainement pas une. Nous échafaudions des hypothèses et c'est étonnant de voir comment en cherchant la raison d'une culotte courte on commence à s'imaginer une vie entière. Si la chaleur peut être une raison, alors tout au plus pour quelqu'un qui reste dehors toute la journée. Et qui peut bien rester dehors toute la journée, hormis les maçons et les paysans. Nous décidâmes qu'il était un paysan, il y en avait quelques-uns dans notre région. Et en effet, il y avait un air paysan dans son visage. Avec ça, c'était clair qu'il n'avait pas eu de femme parce que les paysans ne trouvent plus de femme ce qui expliquait du même coup la raison de son suicide. Il était seul, il ne le supportait plus, toute la journée à l'étable ou aux champs et pas de femme. Nous restâmes un moment silencieux, il nous faisait de la peine, c'était triste de se l'imaginer le soir dans sa ferme, fourbu par le travail, et seul. Je crois qu'ensuite c'est moi qui parla, les paysans ne trouvent pas de femme vraisemblablement aussi parce qu'ils portent des culottes courtes. À ce moment-là, nous commençâmes à ricaner et fûmes pris d'un accès de puérilité qui ne nous quitta plus. Déjà que les hommes en culotte courte s'assoient toujours les jambes écartées, on voit leurs couilles et ça, les femmes n'aiment pas. Peut-être que ça paraît déplacé de parler ainsi d'un mort et en présence d'un mort, mais je ne me sentais pas mal à l'aise, ni à l'époque ni aujourd'hui non plus. C'était comme ça. À vrai dire, quand je repense à quel point nous nous sommes bientôt laissés aller, il ne me paraît pas impossible que la décomposition d'un mort dégage une sorte de gaz hilarant.

Nous nous imaginions qu'il exploitait sa petite ferme de manière écologique, qu'il était gentil aussi avec les cochons et qu'il ne se sentait pas si mal pendant la journée parce qu'il savait qu'il faisait tout bien et qu'il était un homme bon, mais cela ne lui servait à rien lorsqu'il se retrouvait le soir dans sa ferme, à boire de la bière et à regarder le foot à la télé, même la deuxième division. Et puis quelqu'un téléphonait et il pensait que c'était peut-être la blonde qu'il avait rencontrée à la fête des jeunes du pays, mais c'était le représentant du président de l'Union des éleveurs. La voix de Ludwig se cassa un peu lorsqu'il dit cela, et je crois que moi aussi, j'avais les larmes aux yeux.

Dans l'ensemble cependant, je me sentais très bien, assis là-bas avec Ludwig près du mort. Je ne voulais pas que cette nuit s'achevât, surtout que nous commencions à ressusciter le mort, nous l'imaginions vivant avec nous. Nous voulions l'emmener dans notre tour en Asie, il pouvait se rendre utile là-bas, les paysans font aussi de bons ouvriers. C'était divin de se l'imaginer concierge dans notre tour, montant et descendant en culotte courte les escaliers et faisant fuir les petits

Vietnamiens. Nous pouvions bien avoir besoin de lui et nous l'aimions bien.

Nous remarquâmes à peine qu'il commençait à faire jour. Soudain nous nous rendîmes compte que le trafic sur le pont avait augmenté. Nous étions allongés dans l'herbe depuis déjà une heure, chacun dans ses pensées. C'étaient sûrement les mêmes, des pensées vers un avenir qui nous souriait. Lorsqu'il fit presque jour, Ludwig remit notre paysan dans le fourré.

Malheureusement, le mort se mit à puer dès la nuit suivante. Il faisait chaud la journée, et le temps ne fraîchissait pas vraiment la nuit. Un parfum sucré, qui vous écœurait un peu, émanait de lui. Nous essayâmes encore une fois de raviver l'ambiance de la nuit précédente, mais avec cette odeur dans l'air, ça ne marchait pas. Nous n'étions pas gais. Ludwig parla sur un ton lugubre de l'absurdité d'un monde dans lequel on ne peut pas vivre avec les morts, et moi qui étais censé partager toutes ses pensées, je ne sais pas si je compris exactement ce qu'il voulait dire, inconsciemment peut-être. Bientôt la conversation s'éteignit et nous restâmes assis en silence près du mort, qui avait très nettement moins bonne mine que la nuit précédente. Il avait l'air plus vieux surtout, beaucoup plus vieux. Qu'est-ce qu'on fait de lui maintenant ? demandai-je lorsque la circulation se ranima sur le pont. Ludwig ne dit rien. Je rentrai à la maison, triste.

Le jour suivant, nous montions la chaîne sur le plateau lorsqu'une voiture de police s'arrêta devant le terrain des parents de Ludwig. Nous étions dehors, nous avions poussé la moto sous le toit à cause de la chaleur. Deux policiers descendirent et se dirigèrent vers la porte du jardin, ils marchaient comme marchent toujours les policiers, lentement, les jambes arquées, avec un visage comme s'ils en savaient un paquet mais n'avaient le droit de rien dire. Les flics ! cria Ludwig en direction de l'atelier. Son père sortit en essuyant ses mains huileuses dans un chiffon huileux. Je sentais qu'il était nerveux. Il alla à la porte du jardin et nous le suivîmes. L'un des policiers nous dit qu'un homme était porté disparu et comme il était fréquemment arrivé que des gens sautent dans ce jardin, ils voulaient savoir si nous n'avions rien remarqué d'inhabituel. J'eus soudain peur que l'on ne puisse sentir le mort jusqu'à la porte du jardin et me mis à renifler, assez bruyamment me dit Ludwig par la suite, mais les policiers ne remarquèrent rien. Personne n'a atterri ici, dit le père de Ludwig en continuant d'échanger l'huile de ses mains contre l'huile du chiffon. Parfois, ils tombent de l'autre côté, dans l'atelier des machines agricoles, dit-il encore. Serait-il possible, demanda l'un des policiers, que quelqu'un tombe là devant, dans le fourré, et que vous ne le remarquiez pas ? Quand quelqu'un tombe ici, on s'en rend compte, mon fils surtout, jusqu'ici il a entendu tous ceux qui sont tombés. Je n'ai rien entendu, dit Ludwig. Les policiers se regardèrent, et je vis comme chacun était soulagé de découvrir chez l'autre aussi la répugnance à ramper dans le fourré pour y chercher un mort. Alors, on va demander à l'atelier des machines agricoles, dit l'un des policiers. Ils s'apprêtaient à partir mais Ludwig avait encore une question. Quel genre de gars vous cherchez ? Un paysan, dit le policier qui parlait tout le temps, nous n'en savons pas plus. Lorsque nous retournâmes à notre Triumph, Ludwig me donna une tape sur l'épaule. Tu vois..., dit-il.

La nuit suivante, nous préparâmes à notre concierge une cérémonie funéraire dont il ne se serait sûrement pas plaint. Nous l'enroulâmes dans un tapis et le portâmes de nuit jusqu'au fleuve. Sur la rive se trouvait un large bateau à rames que nous avions amené là dans la journée. Nous fourrâmes quelques pierres de la rive dans le tapis. Une lanière tenait tout cela. Ludwig alluma une bougie résistant au vent et laissa couler un peu de cire sur la dernière traverse, il y mit la bougie. Nous avons installé le tapis sur la poupe et avons ramé lentement vers le milieu du fleuve jusqu'à être exactement sous le pont. La flamme de la bougie vacillait. Ludwig se fraya un chemin jusqu'à la poupe et tâcha de décharger le tapis par-dessus bord pendant que je stabilisais le bateau. Le tout était une délicate affaire parce que le tapis avec le concierge et les pierres dedans était assez lourd. Plus d'une fois il sembla que nous allions tous tomber à l'eau. Finalement, Ludwig réussit quand même à expédier le concierge dans l'eau sans être emporté en même temps, bien que le bateau tanguât fort. Longtemps nous restâmes silencieux sur nos coulisses, à observer la lumière de la bougie. Je ne priai pas, à l'époque je ne savais pas comment on prie.

J'étais très triste, comme si j'avais accompagné quelqu'un que je connaissais depuis toujours. Et d'une certaine manière, je l'avais connu, notre concierge. Je savais tout de sa première vie comme paysan et tout de sa seconde vie dans notre tour en Asie, une vie plus heureuse je suppose, parce qu'un concierge n'a pas autant de mal à trouver une femme, surtout en Asie où les bricoleurs sont plus appréciés que chez nous. Je crois que nous avons bien fait de l'immerger dans le fleuve. Il avait voulu terminer sa vie sous le pont, il y avait désormais une concession permanente. Et puis il ne resterait pas seul parce que nous, ses derniers amis, si tant est qu'il ait eu des amis auparavant, nous pourrions lui rendre visite chaque jour. Ludwig s'arrangeait toujours dans les séquences de travail pour que sous le pont nous ramions plus lentement. Ainsi notre concierge avait trouvé une fin plus heureuse que ce qu'il avait peut-être jamais osé espérer. Malgré cela, l'enterrement resta un triste événement.

Après que nous eûmes amarré le bateau à la rive, Ludwig proposa d'aller sur le pont. Nous ne l'avions plus fait depuis longtemps, et je trouvais que c'était un beau geste d'aller là-bas, là où l'affaire entre le concierge et nous avait commencé. Nous avons gravi la pente et sommes allés derrière la glissière de sécurité jusqu'à la moitié du pont. Au-dessous de nous coulait le fleuve. Nous sommes restés longtemps contre la grille, et naturellement nous nous sommes demandé quelles horribles pensées notre concierge avait eues là-haut, jetant un regard en arrière sur sa vie de paysan qui ne lui laissait aucun espoir de trouver une femme. Chaque jour des champs et des cochons. Si seulement il nous avait connus plus tôt, nous aurions pu lui parler de notre sombre mais merveilleux tour et des tâches qui l'attendaient là-bas, et aussi de ces femmes, petites et discrètes, qui justement conviennent si parfaitement à un paysan, je suis sûr qu'il n'aurait pas sauté.

Je fus estomaqué lorsque Ludwig escalada soudain le grillage. Pour ma plus grande frayeur il passa une jambe par-dessus, s'assit sur le rebord et fit passer l'autre jambe. Ses mains à droite et à gauche de son bassin tenaient fermement le grillage. Que fais-tu, demandai-je. Descends, monte, toi ! dit-il, tu verras alors ce que le concierge a vu en dernier. Je ne voulais pas, mais je ne pouvais pas non plus rester en bas alors que Ludwig était là-haut à m'attendre. J'escaladai le grillage, passai une jambe par-dessus, puis l'autre. Je fermai les yeux, les ouvris. Oh là là, quelle vue. Voir la vallée sans grille, le fleuve directement au-dessous de moi, les lumières de la petite bourgade, c'était extraordinaire, et en même temps je n'avais jamais eu aussi peur de ma vie. Un souffle de vent, pensai-je, un souffle de vent et tu t'envoles, comme le concierge s'est envolé. Je ne voulais pas. J'avais Ludwig, je n'étais pas seul. J'avais aussi Vera. Donne-moi ta main gauche, dit Ludwig. Je ne peux quand même pas lâcher le grillage, dis-je. Donne-la-moi, dit-il. Sa main droite lâcha lentement le grillage. Je suais. Nous sommes jumeaux, dit Ludwig. Ma main lâcha le grillage, il la prit. Nous tanguâmes un peu, puis nous tînmes immobiles. Je suai de plus en plus. Libère ton autre main maintenant, dit Ludwig. Ça va pas, dis-je. Vas-y, cria-t-il, nous devons le faire ensemble, je compte jusqu'à trois. Un. Jamais je ne lâcherai le grillage. Deux. Il faisait froid, soudain je m'en rendais compte. L'automne pensai-je, c'est l'automne qui arrive. Trois. Je lâchai le grillage. Je regardai vers Ludwig, prudemment, surtout ne pas tourner la tête, ne pas bouger, quoi qu'il arrive. Lui aussi avait lâché le grillage. Nous nous tenons l'un l'autre, dit-il, nous sommes jumeaux, juste toi et moi. Je ne sais pas combien de temps nous restâmes assis là. Longtemps je crois, mais dans ce genre de situation on ne peut pas le savoir. Assez longtemps en tout cas pour oublier ma peur. Nous étions assis sur le rebord et regardions notre vallée. En bas, il y avait la petite ville, le lac artificiel avec le hangar à bateaux, la maison des parents de Ludwig, l'atelier avec notre Triumph, le fleuve, et, au fond du fleuve, dans un tapis, notre concierge, qui autrefois fut un paysan. Mais peut-être changeait-il déjà les ampoules dans notre tour en Asie qui sait après tout.

Je dois dire que je commençai à me faire du souci en constatant que Vera n'avait plus attendu dans l'atelier une semaine durant. Je recommençai à flairer pendant les heures de cours. Il me fallait sentir l'odeur de femmes qui avaient fait l'amour. Je l'aime encore plus que tout. Je perdis toute attention pour les professeurs et le tableau, je tournai la tête à droite et à gauche et inspirai de l'air jusqu'à faire largement gonfler mes narines, je maudissais les savons, l'eau, les déodorants et les parfums, je souhaitais vivre à une époque où les êtres humains ne combattaient pas encore leur odeur. Parfois cependant je croyais sentir quelque chose, un arôme acidulé que j'associais à la demi-heure d'après, et il m'est sûrement presque impossible de faire comprendre l'euphorie qui éclatait alors en moi, cette sensation sucrée qui partait du cerveau et rampait jusqu'aux orteils mais ne durait que quelques secondes parce que, aussitôt après, la tristesse me submergeait. Elle, cette fille insignifiante devant moi, elle l'avait fait la nuit dernière, pas moi. Toute la terre le faisait. Je voyais Vera pendant les pauses, elle fumait avec Flavia, je ne parlais pas avec elle. Je la suivais éperdu du regard mais seulement lorsque j'étais sûr que personne ne m'observait. Lorsqu'elle était à proximité de moi, je pinçais les lèvres et inspirais l'air par le nez jusqu'à voir tout noir, jusqu'à ce que la tête me tourne. Un jour Ludwig dut me prendre par le bras pour que je ne tombe pas. Que se passe-t-il, demanda-t-il. Rien, dis-je.

Et puis elle fut dans l'atelier, sur le tabouret, et lorsqu'elle se leva pour m'embrasser, je n'attendis pas, je tombai à genoux, fourrai ma tête sous sa robe qui remontai le long de son corps, fis glisser sa culotte et pressai mon visage entre ses jambes. Je restai longtemps ainsi, sa robe par-dessus moi, je sentais à travers l'étoffe sa main sur ma tête. Je ne sais plus ce que j'ai pensé, des idées nouvelles, inconnues, je crois. Cette nuit-là nous n'allâmes pas dehors, je la portai sur le banc de l'atelier, elle était si légère, si légère, je l'assis à côté de l'étau, et elle me prit centimètre par centimètre, et ce fut elle qui dit chut, pas moi. Mais elle fit tomber un pot d'anti-rouille du banc, il était ouvert, une flaque orange se répandit sur le sol. J'eus un peu honte après coup, je l'avoue. J'étais tellement hors de moi, et n'est-ce pas souvent ainsi ; les moments qui nous ont rendus particulièrement heureux, nous les regardons justement avec amertume, parce que nous ne pouvons nous y reconnaître. Que va dire ton père, demandai-je. C'était une question bête, je le sais, mais après des moments pareils, nous avons besoin de la bêtise pour nous sauver. Comme je suis très sincère, que je me suis décidé à être absolument sincère, je voudrais encore ajouter ceci : alors que Vera était encore assise sur le banc, les yeux fermés, il se peut que j'aie pensé : ça, tu ne l'auras jamais de ta pulpeuse Flavia, ta grosse Flavia, fallait-il dire désormais, car elle avait grossi, si mes yeux ne me trompaient pas. C'est petit de penser ainsi, je sais. Il vaut mieux ajouter tout de suite que Vera m'avait demandé une fois si cela ne me gênerait pas qu'elle amène un jour Flavia avec nous. Pourquoi cela, avais-je demandé, et aujourd'hui encore je trouve un peu agaçant d'avoir eu ce ton effrayé. Je pensais que les hommes en rêvaient, dit-elle, et Flavia est tellement différente de moi, si douce, tu sais elle a des seins magnifiques. C'était curieux d'entendre parler une femme ainsi, quelque part je trouvais qu'elle n'en avait pas le droit. C'était notre façon de parler ainsi des femmes. Elle t'aime bien, dit Vera, elle viendrait sûrement, ou bien nous pourrions nous rencontrer chez elle. Pour une raison quelconque le projet tomba à l'eau. En tout cas, Vera dit qu'elle ne pensait pas que la tache orange sur le sol de l'atelier poserait un problème. C'était bizarre dans l'atelier, c'était bizarre après, de ne pas être couchés l'un à côté de l'autre. Je ne savais pas ce que je devais faire, je crois que j'aurais préféré partir. Finalement je m'assis sur la moto sur laquelle le père de Ludwig jouait d'habitude du tournevis.

Pourquoi votre père ne vient-il jamais voir nos courses, demandai-je, pour rompre le silence. Peut-être a-t-il peur, dit Vera, qui était encore assise sur le banc de l'atelier, jambes croisées. Elle fumait, elle ne fumait pas depuis longtemps, mais déjà pas mal. Peur de quoi, demandai-je. Que vous perdiez, dit Vera. Mais pourquoi aurait-il peur, demandai-je. Peut-être a-t-il lui-même trop souvent perdu, dit-elle. Est-ce le cas, demandai-je. Je ne sais pas, dit-elle, il n'a pas toujours assemblé des motos, mais je ne sais pas ce qu'il a fait d'autre, on ne parle jamais de cela. Vera s'assit derrière moi sur la moto, m'entoura de ses bras. Je la sentis frémir, les nuits fraîchissaient. Pars avec moi voir la mer déchaînée, dit-elle. Et si la moto sur laquelle nous étions assis avait eu un moteur, je serais peut-être parti avec elle. Sa tête reposait sur mon épaule, soudain Vera se mit à faire de légers bruits de moteur, un petit ronflement, je sentais ses lèvres pincées vibrer contre mon épaule, et cela me parut un peu bête, mais pas vraiment non plus. En fait c'était un beau moment. Qu'allons-nous faire cet hiver ? demanda-t-elle alors. Nous ne pourrons pas rester sous le pont cet hiver. J'y avais déjà pensé. Cela me préoccupait. Je n'avais pas de solution.

Il restait encore dix jours jusqu'au tournoi régional et nous avions très nettement perdu la course d'entraînement contre les jumeaux de Potsdam. Ludwig était dans un état de parfait désespoir, il n'y avait pas d'autre mot. Je fus donc content lorsqu'il proposa de retourner jouer au flipper. Ça commençait à me manquer à moi aussi, et pour Ludwig c'était évidemment une distraction idéale. Nous allâmes chez le Grec et jouâmes au flipper, puis il se passa une chose qui me sidéra. Peut-être pourrait-on dire aussi que j'étais choqué. Nous avions juste terminé la première partie, bu une ou deux gorgées d'eau, lorsque Ludwig alla au comptoir et se commanda non seulement un gyros mais aussi des frites, du tzatziki, et du Coca pour faire passer le tout. Il ne dit rien, mangea tranquillement, puis se commanda une glace. Je restai d'abord silencieux sur le tabouret à le regarder, puis je me remis à jouer seul au flipper et gagnai une partie gratuite. Ludwig était très satisfait lorsqu'il eut fini. Nous partîmes et il acheta encore deux barres de chocolat qu'il mangea sur le chemin du hangar. Le soir, il demanda à son père s'il pouvait refaire les crêpes qu'il faisait toujours avant. Le père fit des crêpes. Nous étions trois à table comme autrefois et mangions. J'arrêtai après la première, Vera après la deuxième. Ludwig continuait de manger. Vera me regarda, regarda Ludwig. Personne ne disait rien, le père dorait les crêpes, faisait grossir le tas, et Ludwig mangeait. Je crois qu'il en mangea cinq, peut-être six.

Qu'est-ce qu'il a, demanda Vera plus tard, alors que nous étions couchés à la lisière du bois. Nous avions deux couvertures, nous étions étendus sur l'une, l'autre était sur nous. Même ainsi, il faisait trop froid. De toute façon, je ne me sentais plus très à l'aise sous le pont depuis que le paysan avait sauté. Je ne pouvais m'empêcher de penser qu'il en tomberait bientôt un autre, et qu'il serait ensuite couché à côté de nous. Je n'avais plus peur des morts, mais là, ce n'était pas le moment d'en réceptionner un. Et puis de toute évidence ce n'était pas vraiment sans danger d'être couché là. Qui peut dire ce que ça fait quand quelqu'un vous tombe dessus de cinquante mètres ? Je n'en sais rien non plus, dis-je pour répondre à la question de Vera, ce midi, il s'est soudain mis à manger. Je croyais que vous deviez rester minces, dit-elle, mais qu'il mange, ça le décrispera peut-être. Je n'aimais pas quand elle parlait ainsi de Ludwig. Il était toujours affamé, dis-je, il a bien le droit aussi de manger une fois à sa faim. J'étais fâché et m'en allai bientôt. Sur le chemin du retour, je fus très préoccupé en pensant à la dernière course. Il restait encore dix jours et si Ludwig continuait à manger de la sorte, il n'arriverait pas à respecter la limite de poids. Soixante-cinq kilos, c'était le poids maximal autorisé, il pouvait donc prendre en dix jours deux kilos et demi. Ça pouvait encore aller. À la vérité ça signifiait qu'il me faudrait alors maigrir d'autant, je n'aurai le droit de peser que soixante kilos maximum afin que nous parvenions à une moyenne de soixante-deux kilos et demi.

Le lendemain je renonçai au petit déjeuner. Ma mère posa beaucoup de questions et pour un peu j'eus l'impression qu'elle allait se mettre à pleurer. Les mères et la nourriture, ça restera vraisemblablement un problème insoluble. La première chose que je mangeai ce jour-là fut une salade de chou chez le Grec. Elle était bonne, avec du cumin, je pris de l'eau avec. Ludwig mangea une moussaka, du tzatziki et but du Coca. Nous ne dîmes pas un mot, je ne le regardai pas. J'eus faim dix jours durant. Je mangeais de la salade de chou, du pain suédois et des pommes. Mon estomac était une caverne vide à l'intérieur de laquelle quelqu'un grattait les parois. Cela faisait mal, j'avais souvent des malaises. Après l'entraînement, Ludwig devait parfois m'aider à sortir du bateau. Je perdis vite patience lorsque le câble ne se laissa pas tout de suite raccorder au compteur de la Triumph. Ludwig était là, assis, et mangeait un nid-d'abeilles. Le soir, son père fit des crêpes. Ludwig avait l'air heureux. Vera mangea seulement trois ou quatre crêpes afin que Ludwig en ait au moins cinq. Elle avait également l'air heureux. Je la haïssais, je haïssais leur père. Je buvais de l'eau et mangeais du pain suédois avec des tranches de pommes dessus. Dès que Ludwig s'endormit, je rentrai directement à la maison bien que la lumière brillât dans l'atelier.

Le soir précédant la régate, je pesais soixante kilos quatre cents. J'enfilai deux combinaisons de sport et courus sept kilomètres le long du fleuve. Puis je pris un bain très chaud. Ma mère me réveilla deux heures après. Je m'étais endormi, j'avais froid, j'étais fiévreux. Je dormis à peine.

Lorsque le matin suivant je montai sur la balance officielle dans le hangar, le contrepoids indiqua soixante kilos. C'était une vieille et lourde balance de médecin. Ludwig monta dessus après moi et le parallélogramme bascula aussitôt vers le haut. Avec un clac, il s'immobilisa. L'arbitre déplaça le contrepoids légèrement vers la droite, le parallélogramme ne bougea pas. Il le poussa un peu plus, lentement il redescendit. À soixante-cinq kilos il ne bougea plus. Peut-être était-ce un soupçon de plus. Mais nous fûmes admis à la régate.

Ces derniers dix jours ne comptent peut-être pas parmi les plus heureux, nous n'avons pour ainsi dire pas parlé, nous avions des mouvements plus lents que d'habitude, de faiblesse ou de satiété, mais ils restent tout de même pour moi de bons, d'excellents souvenirs. Certes, nous évoluions dans des directions opposées, mais cela aussi, nous le faisions au même rythme, si bien qu'à la fin ça collait tout à fait. Le poids que prenait Ludwig, je le perdais. Cela, il me semble qu'on ne peut que l'appeler le plus haut degré de l'amitié.

Quant à la course, inutile de s'étendre sur le sujet. Si l'on considère la condition physique dans laquelle nous étions, nous ne nous sommes pas mal défendus. Nous avons mené tout le long de la course, et c'est un peu avant l'arrivée seulement que les jumeaux de Potsdam nous rattrapèrent. Ce fut tellement serré que les arbitres durent se concerter longtemps. Je pris Ludwig dans les bras après que nous fûmes sortis du bateau. Nous ne faisions pas cela souvent, jamais même. Mais j'étais heureux, nous venions de passer un été difficile, et tout bien pesé, nous nous en étions bien sortis. Les rares embrassades que nous avions eues auparavant, pour une victoire ou lorsque l'un de nous avait son anniversaire, ne nous avaient pas réussi. Soit parce que chacun tournait la tête du même côté et que l'on se cognait presque le nez, soit parce que nos mains et nos bras se heurtaient en s'avançant vers le dos de l'autre, bref nous n'y arrivions pas. Mais cette embrassade fut vraiment réussie. Nous tombâmes parfaitement dans les bras l'un de l'autre, puis nous restâmes un moment soudés l'un à l'autre sur le ponton. Oui, soudés, pourquoi ne pourrait-on pas l'exprimer ainsi ? J'eus l'impression que Ludwig s'accrochait vraiment fort, que ce fut lui qui décida de la durée de notre étreinte. Elle dura un bon moment. Je dirais que ce fut une bonne vraie embrassade, comme on en voit dans les films, lorsque l'un monte dans un bateau à vapeur et que l'autre reste sur le quai.

Nous restâmes longtemps sous la douche. J'avais mis les mains en coquille devant la poitrine, je retenais l'eau puis la laissais couler sur mon ventre ou me la jetais derrière le dos. Ludwig était assis en tailleur devant moi, la tête baissée, le jet lui tombait sur la nuque. Nous ne disions rien. Je remarquai à peine que d'autres arrivaient, bruyants les gagnants, abattus les perdants.

Ludwig ne voulut pas que je rentre avec lui. Il disait devoir réviser pour son permis. J'allai au snack et mangeai deux saucisses au curry. Je bus une bière qui me soûla un peu. Mon père, sa nouvelle femme et ma mère étaient avec moi et parlèrent d'abord de la course puis du magasin. C'est tellement touchant quand les parents font des échecs de leurs enfants de petites victoires. Je m'en allai bientôt.

Le soir, je regardai la télévision avec ma mère, ce que je n'avais plus fait depuis longtemps. Nous regardâmes *Tatort* en mangeant une potée qu'elle avait préparée. À ma troisième assiette, elle fut très heureuse. J'allai me coucher tôt mais ne dormis pas. Je ne pouvais m'empêcher de penser à Ludwig, j'étais inquiet. Il avait tant désiré cette victoire et nous avions perdu. Il prenait ce genre de choses très à cœur. Je me l'imaginais dans son lit, entendant les voitures sur le pont et ruminant. Il pouvait ruminer à n'en plus finir, il commençait par quelque chose de petit, puis il se le ruminait de plus en plus grand jusqu'à en être terrassé. Je crois m'être endormi ensuite, mais je me réveillai presque aussitôt, j'avais rêvé à je ne sais quoi de bizarre. Je me levai et m'habillai. Je me faufilai dehors, pris mon vélo à la cave et partis. Je n'ai sûrement jamais dû rouler aussi vite pour aller chez Ludwig que cette nuit-là. Je regardais à peine le chemin, je regardais en l'air, vers le pont, pour voir si j'y distinguais quelque chose. Il faisait nuit noire, je ne voyais rien. Je me précipitai vers la maison des parents de Ludwig et allai dans le jardin. Tout était noir. Je ne pouvais pas entrer, la porte était fermée à clé. Je regardai si je ne voyais pas un paquet, un paquet comme le paysan en avait été un. Il n'y avait rien de ce côté-là. Je me décidai à aller sur le pont. Je t'en prie, pensais-je, je t'en prie, ne saute pas. C'était ce que je m'étais imaginé de pire, je marche dans le jardin, un homme s'écrase à côté de moi, et c'est Ludwig. C'était hystérique, je le sais maintenant, et j'aurais pu le savoir à l'époque aussi, naturellement, mais parfois on est comme ça, c'est tout. De toute façon, la question est de savoir si l'hystérie n'est finalement pas notre meilleur état. On montre sans fard ni retenue que l'on se laisse toucher, que les choses ne nous sont pas indifférentes, ça paraît souvent puéril, je le reconnais, mais l'hystérique est bien l'homme dans sa plus sincère expression.

Personne n'était sur le pont. J'en fus très soulagé mais j'allai tout de même jusqu'au milieu. C'était une nuit fraîche et il commençait à pleuvoir légèrement, la première pluie depuis plusieurs semaines. Lorsque je voulus repartir, j'eus un sursaut de frayeur en voyant quelqu'un venir à ma rencontre. Mais ce n'était pas Ludwig, c'était Vera. Que viens-tu faire là, lui demandai-je. Te sauver, dit-elle. J'eus un pincement parce que moi, alors que nous allions à la rencontre l'un de l'autre, j'avais tout naturellement réfléchi à la manière dont je pourrais la dissuader de sauter. J'avais négligé trois fois la lumière dans l'atelier, ça ne pouvait évidemment pas être une raison, mais s'entendre dire ensuite, sans ménagement, qu'en effet ce n'est pas une raison, cela vous renvoie dans vos buts. Naturellement, nul ne veut qu'on se suicide par sa faute, cependant il n'y a pas de plus grande preuve d'amour, car même l'amour malheureux reste de l'amour et est bien souvent plus grand que l'amour heureux. Plus tard, dans mon entourage, j'ai souvent vu des gens qui rendaient l'autre malheureux pour trouver des preuves d'amour. C'est un sujet difficile, dommage que je ne puisse plus en parler avec Ludwig.

Vera dit qu'elle m'avait vu dans le jardin, et qu'elle m'avait suivi. Ludwig était au lit, dit-elle, à elle aussi cela faisait de la peine que nous ayons perdu. Nous allâmes en nous tenant par le bras jusqu'au bout du pont, puis je pris sa main pour descendre la colline. Je ne fis pas l'amour avec elle. Il faisait trop froid, trop humide pour aller dans le champ et de toute façon, ce n'était pas le bon jour. À la manière dont elle me prit dans ses bras sous le toit, là où étaient les motos, je sentis que je lui avais manqué, et je sentis aussi qu'elle m'avait manqué. Je lui dis que j'allais parler avec ma mère et qu'elle n'aurait sûrement rien contre si elle venait parfois dormir chez nous. Je n'étais pas sûr que cela soit vrai, mais que pouvait y faire ma mère finalement ? Je dis aussi que je parlerais avec Ludwig.

5

Le matin suivant, j'étais très tendu. Ludwig n'était pas en classe, il passait son permis de conduire auto-moto. Pour nous, le permis c'était l'examen dont nous avions le plus peur, plus peur que du bac et autres tests et examens à venir. Échouer était toujours pénible, échouer au permis, c'était impossible, ce fut pendant un temps la chose la plus humiliante que nous pouvions imaginer, et nous pouvions à cet âge nous imaginer un tas d'humiliations. Conduire une voiture, conduire une moto, il fallait savoir, un point c'est tout.

Le matin, j'avais parlé avec ma mère pendant le petit déjeuner. Je lui dis qu'une fille allait bientôt me rendre visite. Elle trouva que c'était une bonne idée, elle s'était déjà longtemps demandé pourquoi je n'avais jamais amené de fille à la maison, j'allais quand même avoir dix-huit ans. Elle me fit deux œufs miroir avec du pain grillé et du muesli au yaourt. Elle restera la nuit, dis-je. Ma mère qui, pour le petit déjeuner, ne buvait que du café, me regarda tristement et je sus soudain comment elle avait regardé mon père lorsqu'il annonça qu'il allait quitter la maison. Elle ne dit rien et je savais qu'à l'époque non plus elle n'avait rien dit. Je pris le journal et lut la rubrique sportive, je ne voyais plus ma mère mais je savais quelle tête elle faisait, comme si je la voyais à travers le journal. Elle avait de si petits gestes en portant la tasse à ses lèvres. Puis elle la garda longtemps ainsi en regardant par-dessus le bord, dans le vide.

Je séchai la dernière heure de la matinée et partis à vélo chez Ludwig. Il était près de notre Triumph et nettoyait le réservoir. Le père de Ludwig sourit lorsque j'entrai en trombe. Du coup, je sus que Ludwig avait réussi et je m'énervai presque car j'aurais voulu l'entendre de sa part. Alors ? criai-je. Pas de problème, dit-il. Je le soulevai et le pris dans mes bras, mais ce fut une de ces embrassades qui ne nous réussissait pas. Nous nous séparâmes prestement, chacun regarda dans une direction différente. Mais, comme je l'ai dit, cela ne signifiait rien de particulier. Nous n'y arrivions pas, c'est tout. J'étais très content pour Ludwig. Je me fis montrer le permis, me fis tout expliquer dans le détail. Il raconta brièvement. On y va maintenant, demanda-t-il. Bien sûr, dis-je.

La Triumph démarra au quart de tour. Ce ne fut pas une surprise de l'entendre, nous avions souvent fait tourner le moteur en réglant le carburateur et l'allumage. Mais c'était autre chose de l'entendre et de savoir qu'elle allait bientôt rouler, rouler avec Ludwig et moi. Son gargouillis était comme une chanson que nous avions composée pour nous, rien que pour nous. Elle était belle, la plus belle moto du monde. Un réservoir ovoïde, un siège plat, le compteur intégré au phare était légèrement vers l'avant, le tout en noir, chrome et rouge clair.

J'aidai Ludwig à boucler son casque et nous partîmes. Ce fut jusqu'à la fin une promenade merveilleuse, je ne peux pas dire autre chose. L'automne tardait à venir, à midi la lumière était encore celle d'un soir d'été, une lumière amicale, chaude, claire, et moi, j'étais sur notre Triumph T 20 Tiger Club avec mon ami, qui était devenu mon frère, et nous roulions à travers la campagne vallonnée, le long des prés gris-vert et des chaumes, parmi des maisons blanches aux colombages noirs, le feuillage des arbres était vert, jaune et brun. Des petites routes sans bande médiane, je me rappelle comme si c'était hier le sentiment que j'éprouvais sur cette moto, je sens encore aujourd'hui chaque mouvement, et c'est presque comme si je tanguais encore, tout comme nous tanguions dans les virages. J'entends le moteur, sens la poussée vers l'avant, seconde, troisième, quatrième, un petit hoquet aux changements de vitesse comme si la Triumph s'étirait, elle vrombit, engloutit la route, la campagne, quatrième, troisième, seconde, les freins serrent, le moteur ralentit, essoufflé, reprend sa respiration avec un son rauque et indigné, nous glissons vers l'avant, la moto semble pour un moment rétrécir, nous tanguons dans les tournants, quelle merveilleuse sensation au ventre... Je n'ai plus jamais vécu cela depuis, mais j'en garde toujours la sensation. Nous traversions des villages, poursuivis par les regards et le bruit du moteur. Je ne savais pas où Ludwig voulait aller, il semblait ne pas avoir de but, décidait à chaque embranchement quel chemin prendre. À un moment nous nous arrêtâmes et bûmes un café dans un jardin, tout en admirant notre moto. Je voulais lui parler de Vera, mais ne dis rien. On ne peut pas tout dire à tout moment. Il me tapota l'épaule avant de remonter, je crois savoir ce qu'il voulait dire. Il commençait à faire froid, je frissonnais un peu mais je voulais continuer à rouler, ne jamais m'arrêter.

Je me suis souvent rendu au croisement par la suite, en voiture, j'ai finalement quand même passé le permis. Je me garais sur un chemin de terre, me demandais si je devais descendre et descendais, chaque fois je suis descendu. Une route sans bande médiane, elle sinuait jusqu'au bas d'une colline et je tangue encore en y repensant, à droite, à gauche, à droite, puis une ligne droite, peut-être un demi-kilomètre jusqu'au croisement, des bornes kilométriques, les balises en rang serré comme des petits soldats à la parade et trois arbres, un à gauche, deux à droite, que j'ai vus en hiver, au printemps, en été et en automne. C'est en ce rigoureux hiver, il y a quelques années, qu'ils furent les plus beaux, figés dans le gel, scintillant au soleil, trois arbres derrière du verre. Sinon, c'est naturellement l'automne la plus belle saison des arbres, ces trois-là deviennent jaune-rouge, je ne sais pas comment on les nomme. Mais ils n'ont pas gêné la vue, a dit la police.

Je n'apporte plus de couronne lorsque je viens. Cela ne veut rien dire, mon deuil ne s'est pas apaisé, ne s'apaisera jamais. Un jour, le temps des couronnes cessa simplement, peut-être parce que je pensais que le croisement devait avoir une nouvelle chance, qu'il ne devait pas éternellement porter les stigmates de la mort.

J'ajouterai que je ne suis pas marié, je n'ai pas d'attaches non plus. Je dois dire que j'ai un peu de mal avec les autres. Non que je ne plaise pas, au contraire même, où trouver plus de jeunes femmes que dans un grand magasin ? Je peux affirmer avoir aussi mon petit succès auprès de ces êtres d'une rigidité quelque peu étrange, bien que splendides, du rayon parfumerie, ce pour quoi beaucoup de collègues m'envient. Il faut dire qu'au rayon nourriture nous sommes désavantagés, nous n'arrivons pas toujours à garder notre tablier propre. Il est curieux que ce soit précisément ce qui touche à la nourriture qui a le plus à voir avec la saleté. Enfin je ne me plains pas, mes collègues femmes m'aiment bien, et personne ne voit que je boite. J'ai appris à marcher de manière à paraître tout à fait normal, moi seul remarque que je boite parce que je dois faire quelques contorsions pour contraindre mes os tordus à se mettre en ligne. Je m'y suis habitué. Au bout de quelques semaines, c'en est souvent fini avec mes femmes, sans que je sache pourquoi. Qu'importe, je vais bien. Bien sûr, Ludwig me manque, mais il ne faut pas croire que j'en serai définitivement accablé. Le deuil est aussi une forme de compagnie, je ne suis jamais seul. Non pas que je parlerais avec Ludwig ou je ne sais quoi, je ne crois pas à ce genre de choses. Simplement, je me demande souvent ce qu'il aurait bien pu penser, faire ou dire maintenant. Je peux être franchement gai dans ces moments-là. Ces derniers temps je ne peux m'empêcher de sourire intérieurement quand je lis quelque chose sur les clones. Je doute fort que les biologistes arrivent jamais à faire ressembler un être humain à un autre comme Ludwig et moi nous sommes ressemblés.

L'histoire qui ne me sort pas de la tête, c'est celle du casque. J'étais bien conscient en m'affalant sur la route, je ne ressentais pas de douleur, dans la jambe gauche non plus, je voyais tout ce qui se passait autour de moi. Mais d'abord, je ne vis qu'une chose, le casque. Il arriva en volant dans mon champ de vision, atterrit sur l'asphalte, rebondit, vola encore un instant, atterrit à nouveau puis roula le long de la rue légèrement en pente, un casque rouge. Il heurta une balise, retomba sur la route et tourna sur lui-même. Une auto freina et s'arrêta juste devant le casque. Je le vis tournoyer. J'ai aujourd'hui l'impression d'être resté des heures à regarder tourner le casque. Pourquoi, pensais-je, pourquoi ce casque tourne-t-il là, c'est le casque de Ludwig, rouge avec une bande blanche, il l'avait pourtant à l'instant encore sur la tête, je l'ai vu, il était bien assis devant moi. Et où est sa tête ? pensais-je. Sa tête serait-elle encore dans le casque, est-ce la tête de Ludwig qui tourne là, en face de moi ? Plus tard on me dit que j'avais pleuré. Je n'en eus pas honte. Les gens faisaient cercle autour de moi, une lumière bleue clignotait au-dessus de mes yeux. Lorsque je fus transporté, je vis Ludwig allongé sur la route, la tête était à sa place.

Le casque et l'idée que la tête de Ludwig puisse être dans le casque, c'est la pire chose qui me soit restée en mémoire. Du choc, je n'ai rien retenu. Lorsque nous arrivâmes au croisement, je vis à gauche le camion se rapprocher. Mais je regardai ensuite à droite parce qu'il y avait quelque chose, je ne sais plus quoi. Je me demande souvent ce qui a attiré mon regard, mais cela ne me revient pas. Lorsque je suis au croisement, je pense, maintenant, ça devrait te revenir, mais rien ne me revient. Le croisement est très bien situé, les collines, les arbres, un peu plus loin derrière on voit une ferme crépie de blanc, aux colombages noirs, c'est joli, très joli. Et des gens gentils, je parle parfois avec eux, quand je suis là, on discute du temps qu'il fait, des cours du lait. Ce sont des petites rencontres comme celles-là qui me font très plaisir ces derniers temps.

On devrait installer un banc à cet endroit, beaucoup de gens apprécieraient sûrement d'y faire une halte.

Peut-être ai-je vu une montgolfière, c'est un coin à montgolfières ici. Peut-être a-t-elle soudain paru derrière les arbres, un gros ballon avec une nacelle et des gens dedans. J'en vois souvent ici. C'est beau quand elles glissent comme ça, nonchalamment. Les gens dans les nacelles aiment bien qu'on leur fasse signe. Je ne les déçois pas. Je fus surpris que Ludwig ne freine pas parce qu'il me paraissait évident que nous nous arrêterions au croisement. Le camion était trop près et il avait la priorité. Peut-être Ludwig a-t-il aussi vu le ballon et en fut distrait, une image belle et qui me console, l'idée qu'un ballon fut la dernière chose qu'aperçut Ludwig dans sa vie. Ou bien il a mal évalué la distance. Il avait peu d'expérience.

6

Demain je reçois la visite de Vera. Je ne l'ai pas vue depuis des années. Je suis content, mais ce ne sera sûrement pas très facile avec tout ce qui s'est passé. Après la mort de Ludwig nous sommes restés deux ans ensemble, deux années belles et difficiles. Elle vit maintenant en Amérique. Au téléphone elle m'a dit qu'elle faisait quelque chose dans l'informatique et qu'elle avait un enfant. Je suis content pour elle, vraiment.

J'ai surmonté tout cela depuis longtemps et n'espère pas reprendre, mais parfois je me demande si notre séparation était vraiment inévitable. En fait, ce fut pour une raison stupide. Nous regardions le journal télévisé ensemble, on parlait d'un accident grave qui s'était produit parce que les freins d'un camion avaient lâché, quatre morts, six blessés. Je ne sais comment, il me revint ce que Ludwig avait dit une fois en ponçant le levier de frein, comme il était étrange qu'une vie puisse tenir à une petite manette que l'on serre à temps ou non. J'en parlai à Vera. Après le journal, elle se mit soudain à poser de drôles de questions. Quand exactement Ludwig avait dit cela, si nous avions déjà couché ensemble à ce moment-là, etc. Je ne comprenais pas ce que cela signifiait, lui donnai cependant les réponses.

Il l'a fait exprès, dit-elle plus tard, lorsque je me brossais les dents et qu'elle était assise sur les toilettes. Quoi, demandai-je. L'accident, dit-elle, il a assemblé la moto uniquement pour que vous soyez soudés l'un à l'autre pour toujours. Pour vous unir définitivement. Et pour se venger de nous.

Je ne peux pas dire à quel point je fus surpris, surpris et en colère. Il s'ensuivit une discussion désagréable dont je ne veux pas raconter les détails. Une chose tout de même : tu es juste jalouse de ce qu'il y avait entre Ludwig et moi. J'ai sûrement crié. Aujourd'hui encore je ne supporte pas d'entendre des choses injustes sur Ludwig. Mon père par exemple, je l'ai sévèrement remis à sa place récemment. Je ne sais plus pourquoi il a fallu qu'il dise un jour que Ludwig était tout de même un type assez renfermé. Qu'est-ce que tu voulais qu'il ajoute à tes histoires de Tupperware, ai-je dit entre autres. Mon père s'est tu.

Avec Vera je me suis vite réconcilié, mais je crois que je n'ai jamais vraiment pu lui pardonner ce soupçon sur Ludwig. En tout cas, nous ne sommes plus parvenus à passer de belles journées ensemble. Six mois après ce fameux soir, elle se décida à poursuivre ses études aux États-Unis. Je ne vins pas avec elle. Nous nous écrivîmes quelques fois, puis le contact se perdit jusqu'à ce qu'elle téléphone il y a deux semaines pour annoncer sa visite. Je suis très content.

Depuis peu, il y a un café près du fleuve, le *River-Café*. Je pense que j'y emmènerai Vera. S'il fait beau, nous pourrons même nous baigner un peu. Depuis l'année dernière, il paraît que c'est de nouveau possible.

Achevé d'imprimer en janvier 2005 sur les presses de l'imprimerie Corlet
à Condé-sur-Noireau, France, pour le compte des Éditions Autrement,
77, rue du Faubourg-Saint-Antoine, 75011 Paris. Tél. : 01 44 73 80 00.
Fax : 01 44 73 00 12. E-mail : contact@autrement.com.
N° d'imprimeur : 80133. ISSN : 1248-4873. ISBN : 2-7467-0609-1.
Dépôt légal : février 2005.